年下御曹司の裏の顔

隠れケモノ男子に翻弄されています

★

ルネッタブックス

CONTENTS

Lunetta

プロローグ

――ちょっと待って。

いったいどうして、こんなことになっているっていうの？

停止しそうな思考をフル回転させて、必死に考えてみる。

「どうしたの？」

さっき、居酒屋の二人掛けのテーブルで話していたときよりもずっと接近した彼が訊ねる。

夜の薄暗さのなかでも彼が微かに笑っているのがわかるくらいの――軽く手を伸ばせばすぐ触れそうなほどの、至近距離。

そのとき、淡く街灯に照らされているその表情が翳った。まさかと思った次の瞬間、本当に彼の左手が伸びてきて、私の右の頬を覆うように触れた。

「先輩、すごくびっくりした顔してる」

「……当たり前だよ」

びっくりしないわけがない。彼とこんな距離感で会話を交わすのは初めてだった。

いつも通り「またまた～」とか、おどけた調子でこの手を押し返せばいいのに、私の手は石のように固まったまま動かない。

その上、蚊の鳴くような細い声で真面目な返答をしてしまうのは、わけがわからないなりにこれが普段とは違う状況であるのだと、本能で理解しているからなのかもしれない。

『どうしたの？』と訊ねたいのは私のほうだというのに。何だか、いつもの彼じゃない。

「もしかして、よ、酔ってるの？」

とにかく、この変な空気をどうにかしたかった。酔ったせいで出てしまった質の悪い冗談だというのなら、お互い笑って、流して、なかったことにしたい。

「そう見える？」

「あ、ううん……」

そんな風にはまったく見えない。わかっていたのに訊ねてしまった。

そもそも彼は酔ったからといってこんな行動を起こすタイプではない。私の知っている彼は、可愛らしくてピュアで、異性っぽさは感じないけれど、友人としてはぜひ付き合っていきたいと思えるような『いい子』。

困惑する私の目の前で不敵に笑う彼は、着ぐるみを脱ぎ捨てたように……まったく別の人になってしまっている。

「それより――俺、決めたから」

「決めた？」

「もう『いい子』はやめて、素を出すことにする」

「えっ、それってどういう――」

まるで心のなかを読まれたみたいだ。さらなる驚きで目を瞬かせていると、彼は「静かに」と示すようにゆっくりと右手の人差し指を自身の唇に当てた。

「だから、覚悟して」

耳元でいたずらっぽく囁いて笑う。彼が右手で私の左手の袖を引き寄せると、私たちの距離が限りなくゼロに近づいて――そのまま、唇を奪われた。

1

私、櫻井《さくらい》雨音《あまね》が彼――須藤《すどう》郁弥《いくみ》と出会ったのは、私が大学二年生に進級した春。新一年を対象にしたサークル勧誘の慌ただしい場だった。

◆◇◆

「今年は是が非でも私たちのグループの人数を増やさないとね、雨音」

「うん」

大学講堂の出入り口では、敷地内に何本も植えられたソメイヨシノの花びらたちが、時折吹く春風にひらひらと舞い散っている。

ポップかつカラフルな字体で『総合芸術研究会　新入生歓迎』と書かれた手作りのプラカードを脇に抱える矢藤《やとう》美景《みかげ》が、意気込んで言った。私も頷く。

私たちは当時、その『総合芸術研究会』という学内サークルに所属していた。絵画、演劇やミュージカル、映画、文芸作品、音楽やお笑いに至るまで、ありとあらゆる芸術に親しむことを目的とした文化系の総合サークル。このざっくりとした主旨のせいか気楽に入部できるとあり、多少の入れ替わりはあるもののサークルメンバーは常時六、七十名程度を保っている状態だった。

ならば積極的に勧誘をしなくてもよさそうだけれど、私と美景には、ここぞとばかりに力を入れる理由があった。

これだけ守備範囲の広いサークルとなれば、趣味が近いもの同士が自ずとグループを作って集まり、個々に活動をするようになる。

私たちのグループは主に都内近郊の美術館や展覧会などを巡っているのだけど、メンバーは私と美景を含めて四人。しかも全員二年生で、同じ教養学部の総合デザイン学科。授業の前後につるんでいるお馴染みの顔ぶれだ。

「今のままじゃ、サークル活動してる感じしないもんね。大学が休みの日にいつものメンバーで課外活動してる、みたいな」

美景が小さくため息を吐いてぼやく。まさにその通りだ。

もちろん、それがつまらないわけじゃないのだけれど、せっかく異年齢が集まるサークル活動なのだし、先輩や後輩との交流というのも一度は経験してみたい。

新しいメンバーを迎えたい――私たちのグループにはそんな願望が芽生えつつあった。

「そうそう、それに活動費のこともあるしね」

大学公認のサークルには活動費の補助が出る。『総合芸術研究会』もその対象になるのだけど、分配される活動費はグループの人数に比例するというサークル内の取り決めがあるので、私たちのような少人数のグループには、回ってくる資金も少ないのだ。

そういう懐具合の苦しさも手伝い、私たち四人は今回の新歓に気合を入れることにしたわけだ。新入生を獲得して、環境的にも経済的にもより楽しいサークル活動をしよう、と。

今日は講堂で新入生ガイダンスが予定されている。講堂から正門までの百メートルにも満たない道のりには、私たちと同じく新入生を獲得したい他サークルの上級生がひしめき合う。今ごろ、他のふたりも反対側の正門付近で勧誘活動のスタンバイをしているはず。

「あっ、ガイダンス終わったみたい」

講堂の扉が開くと、美景が小さく叫んだ。と同時に、今か今かと待ちかねていた他サークルの学生たちからも似たような声が聞こえてきた。ここから先は戦争だ。

――一年生を獲得せよ。

私と美景は顔を見合わせると、どちらともなくこくりと頷いた。

「ダメだぁ～……ぜんっぜん捕まらない」

正門に向かっていく大きな人の波が途切れると、美景が落胆して呟いた。

『総合芸術研究会』は間口の広さがウリかと思いきや、それゆえに人によっては曖昧なネーミングだと感じるのかもしれない。

はたまた、プラカードの脇にしたためた『美術館探訪』、『絵画鑑賞』という文字がカタくて手を出しにくいと思うのだろうか。私たちの呼びかけに足を止めてくれる一年生はひとりもいなかった。

「本田《ほんだ》と小沢《おざわ》はゲットできたかな」

「……あー、ダメみたいだね」

私はスマホの液晶画面に目を落としながら言う。

メッセージアプリ内で、正門側にいるふたりと美景、そして私が名を連ねるトーク画面には、本田の名前で泣き顔のスタンプが表示されていた。戦況は厳しいらしい。

「——でも、まだ出てくる一年生がいるみたいだよ。もう少しだけ粘ろう」

開け放たれた扉からは、まだぱらぱらと人が流れている。美景を励ますように言うと、直後に傍を通りかかった男子学生に声をかけた。

「あのっ、芸術鑑賞に興味ない？」

「…………」

男子学生は私を一瞥すると、すぐに視線を逸らして通り過ぎようとした。

「ちょ、ちょっと待ってっ」

考えるよりも先に手が伸びていた。こともあろうか、私は彼のダークグレーのシャツの袖を引っ張ってしまった。

「…………」

引き留められた男子学生がこちらを振り向く。それまで何の感情も浮かんでいなかった彼の顔に、多少の苛立ちが滲んだのがわかる。

無理もない。力ずくで引き留められたとなれば、不快感を示したくなるだろう。

とはいえ、こちらもサークルメンバーを勝ち取るというミッションがあり、なりふりを構っていられない。

「結構面白いよ、美術館巡り。私も最初はあまり興味なかったけど、サークルで回り始めてから楽しいなって思って。お願い！　よかったら、話だけでも聞いてくれないかな？」

一蹴されるだけだと諦めかけたけれど、もう残り少ないチャンスを生かさなければと矢継ぎ早に言った。すると、その男子学生は訝しげな顔をしながらも立ち止まった。

「……美術館？」

「そう、美術館の特別展とか、じゃなくても誰かの個展とか。見に行きたいものを見つけてみんなで行って、意見を交換し合うような——あっ、意見って言ってもそんな仰々しいものじゃなくて、これがよかったねとか、こんな雰囲気が好きとか嫌いとか……そういう、気軽に感想を言い合う感じなんだけど」

微かに食い付いてくれたように感じられたのがうれしくて、かなり早口になってしまっているかもしれない。むしろこの勢いに相手が引いてしまうかも……なんて考えが過ったけれど、後の祭りだった。

こうなったらヤケだ。私は開き直って続けた。

「私たちのグループは二年生しかいなくて、可愛い後輩が入ってきてくれたらいいなってずっと話してたんだ。みんな同じ学科で仲がいいし、気さくな人たちだから、すぐに馴染めると思うよ。活動の頻度もそんなにガッツリってわけじゃないから、他にバイトとかやりたいことがあっても全然問題ないし。むしろ、私もバイトしてるし。だから、どうかな？」

自分でもよくそんなに息が続いたものだと感心するくらいに捲し立てて言ったあと、恐る恐る男子学生の様子を窺った。ほんのわずかな瞬間、小さく緊張が走る。

……意外にも、彼は小さく笑ってくれた。

その笑顔に少しドキッとする。よく見ると可愛らしい顔をしている。

緩く綺麗なカーブを描く眉に、大きな二重の目。瞳は茶色がかっていて、スッと鼻筋が通っている。髪はサラサラのマッシュショートで、肌は病的に見えない程度に白く滑らかだ。それらの中性的な雰囲気が重なり、「守ってあげたい！」と思わせるような魅力があった。

「じゃあ、話だけなら」

可愛らしい男子学生は、口元に笑みを湛えたまま小さく頷く。

そのとき、優しい風が吹いた。どこからか流れてきた桜の花びらが、私たちふたりの間をすり抜けるようにゆっくりと舞い落ちていく。

「……あっ、ありがとう」

穏やかな微笑みを浮かべる彼から目が離せない。もしかしたら、見惚れてしまっていたのかもしれない。

私は空いてしまった間を埋めるように慌ててお礼を言うと、美景に合図をし、彼と三人で新歓の列から抜けた。

そして数分後、男子学生の名前が須藤郁弥であるということを、彼自らが記入したサークルの入部届で知ったのだった。

◆◇◆

「ごめん、雨音。待った？」

名前を呼ぶ声に顔を上げると、忙しいパンプスの音とともに、ベージュのスプリングコートを羽織った美景の姿があった。

「ううん、大丈夫」

私は緩く首を横に振って答える。

「本当にごめん。仕事が終わらなくて。もう約束の時間二十分も過ぎちゃったね」

「仕事が忙しいのわかってるから、気にしてないよ」

眉を下げて心底申し訳なさそうな顔をする彼女に、もう一度首を横に振った。

「せっかく久しぶりに会えたっていうのに、タイミング悪くて……」

「わかったってば、全然気にしないで。それより、早くオーダーしよ？　お腹空いちゃった」

「雨音、相変わらず優しい！　好きっ」

「何それ」

告白めいた台詞に思わず噴き出す。

学生時代の友達っていうのは、久々に会ってもその空白を感じずに接することができるのがうれしい。私は、コートを脱いで四人席の向かい側に座った美景にメニューを差し出して訊ねた。

「一杯目はビールでいいの？」

「もちろん」

間髪入れずに彼女が頷いた。私と美景は、飲み始めに必ずビールを頼む。変わっていない習慣にホッとするような心地よさを覚える。

「じゃ、食べたいもの見ておいて。その間にお酒頼んでおくから」

「はーい」

美景のお行儀のいい返事を聞きながら、傍に控えていたスタッフにグラスビールをふたつオーダーする。

「このお店、来てみたかったんだよね。雨音が付き合ってくれてよかった。グルメサイトでレビュー見て、どれも美味しそうだなって」

お店を予約してくれたのは美景だった。

都心の大きなターミナル駅に面した大通りからなかに一本入った場所に位置する隠れ家風のビストロで、クチコミで人気があるのだという。店内はダウンライトの照明で落ち着いた雰囲気。女子会もいいけどデートにもよさそうだ。

「大学のときはさ、飲みに行くって言ったら騒がしくてリーズナブルなお店ばっかりだったけど、私たちもついにこういうところに来れるようになったんだね」

メニューを捲りながら美景はしみじみと呟いた。

「もう卒業して五年も経つもんね。早いなぁ」

「ね、本当だよね」

卒業して、就職して、いつの間にやら二十六歳だ。

社会人になってからの一年は、どうにも早すぎるような気がして、本当に同じスピードなのかと疑いたくなる。授業やサークルやアルバイトなど、大学時代のあれこれを昨日のことのように思い出せるというのに。

「家に帰ってふとテレビを点けると、『この番組二、三日前に見たような気がする』って思うんだけど、実は一週間経ってたっていう」

「わかる」

身に覚えがある。深く同調したところに、店員がビールの注がれたグラスをふたつ運んできた。するとと、美景の表情がぱっと明るくなる。

「じゃ、お疲れっ」

「はい、お疲れさま」

待ちきれないとばかりに美景がグラスを手に取り、軽く掲げた。私もそれに倣って、グラスに口を付ける。

まだ肌寒さの残る三月下旬とはいえ、冷たいビールは季節を問わず美味しい。

「あー、仕事終わりに友達と大好きなビール飲めるって最高！」

「だね」

ビジネスライクなピンクベージュのリップに縁どられた唇に付いた泡を、同じくベージュ系統の控えめな色味のネイルが施された人差し指で拭い、美景が言う。

髪を後ろでひとつに纏め、黒地にストライプの入ったパンツスーツに身を包む彼女を眺めながら、見た目ひとつとっても、大人になったなぁと感じる。

学生時代の美景は、派手なメイクが好きだった。小顔で目がお人形のようにぱっちりとしているから、ラメの効いたアイシャドウや、存在感のある赤いリップがよく似合う。服の趣味もそれに合わせた雰囲気で、丈の短いスカートやショートパンツをカッコよく着こなしていた。

大人になったのは自分も同じだ。といっても、普段からカラーリングをしない丸みのあるボブスタイルとナチュラルメイクが定番化し、地味めな色味やデザインをこよなく愛する私は、美景ほどの変化があったわけではない。けれど、白いシャツにグレンチェックのパンツ……という、いかにも通勤着といった装いばかりになるとは予想していなかった。

「誰か矢藤グループのメンツと会ったりした？」

ふと、思いついたように美景が訊ねる。もしかしたら、彼女も同じような考えを巡らせていたのかもしれない。

矢藤グループとは、『総合芸術研究会』で一緒に活動をしていたグループを指す。諸々において美景が先頭に立つことが多かったから、サークル内で便宜上そう呼ばれていた。

「全然」

私は首を横に振った。

「だよね。飲み会したいけど、みんな忙しいから、日程調整とか大変だしね」

就職して二、三年の間には、美景自らが何度か矢藤グループ飲みの企画を立てたのだけど、それぞれ予定が合わずにいずれも頓挫してしまった。近年はみんなで集まろうという発信はされていない。

私はつい最近、個人的な理由で、矢藤グループのメンバーそれぞれと連絡を取ったけれど、生存確認ができた程度の浅いやり取りに終わっているので、みんなの細かな状況まではわからないままだ。

「――あ」

「どしたの？」

私が言葉を止めると、美景が不思議そうに首を傾げた。

「いや、会ったわけじゃないんだけど……サークル勧誘のときの夢なら見た」

「夢？」

「そう。二年生のころ、他学年のメンバーがいなくて焦ってたとき」

「ああ」

美景が笑って続ける。

「雨音がやっとの思いで、いっくんを捕獲したときの話かー」

「捕獲って」

思い出して私も笑う。まぁでも、それくらい切羽詰まっていたのは否めない。

「――そう、つい最近、そのいっくんを勧誘したときの夢を見たんだ」

いっくん――須藤郁弥くんは、私たちの一年後輩にあたる男の子だ。

なぜだか最近、いっくんの夢を見た。私と美景が二年生のとき、彼をサークルに勧誘した際のワンシーンが、そっくりそのまま再生されたような形で。

「いっくん、可愛かったよねー。いい子だし、反応もどこか初々しくて、抱きしめたくなる感じっていうか」

美景がやや天井を仰ぐように前のめりになり、頬杖をついた。私もつられて視線を上にしながら、アンティークなガラスシェードの垂れ下がるその場所に、いっくんの顔と、夢の内容を思い浮かべる。

最初こそ、私が押しの強い勧誘をしてしまったがために警戒されていたように思うけれど、実際グループの輪の中に入るとそんなことはなく、素直で従順。少し天然っぽいところもあり、他のメンバーからイジられることも多い。

その割に、思いやりがあって気が利いた。例えば、訪れる予定の特別展のチケットを人数分押さえておいてくれるとか。その日程調整の仕切り役を買って出てくれるとか。飲み会のときに酔いつぶれたメンバーを率先して介抱するとか。

それらすべてを鑑みるに、美景の言うような『いい子』に間違いなかった。

「それこそ、いっくんとも連絡取ってないの？」

「定期的には取ってないよ」

私は首を横に振る。件の事情があり、他の矢藤グループメンバーと同様に彼とも連絡を取る機会はあったけれど、やはり彼が元気であると確認する程度の内容だった。

だからこそ、「何でいっくんの夢を？」と思った。〝心当たりはまったくないので、美景と会う約束をしていたから、たまたま大学のサークルつながりで彼のことを思い出したというだけなのだろうけれど。それくらい、社会人になってからの特別な交流はないのだ。

「意外。仲良かったのにね」

「そうかな」

「そうだよ。いっくんのほうも、雨音には特別懐いてたような気がするけどね。多分だけど、雨音のこと好きだったんじゃない？」

「えー、いっくんはみんなに懐いてたじゃない。私だけじゃなくて」

懐くという表現がこれだけしっくりくる人物もいない。

そう、いっくんは愛想のいい子犬のような子だ。飼い主を全力で慕い、「構って！」と言わんばかりに芝生を駆けてくる子犬の姿が脳裏に浮かぶ。うん、そっくりだ。

あえて美景の表現を引き継いで言うと、彼女が少し首を傾げた。

「うーん、でも雨音と話すときはなーんか違う感じがしたんだけど。……まさか私らに隠れて付き合ってたわけじゃないよね？」

「ないない」

疑わしげな視線を向けてくる美景に、私は大きな身振りを交えて言った。

「最初のうちはいっくんが周りを警戒してるみたいに見えたんだよね。少しでも馴染んでもらえればと思ってよく話しかけてたから、接しやすかっただけじゃないかな。私だって彼をそういう目では見てなかったし」

人見知りをしていたのか、入部直後は物静かだった彼に世話を焼いてしまっていたのは事実だけど、美景が勘繰っているようなことは何もない。私が断言すると、美景は納得した様子で頷いた。

「ま、そうだね。雨音ってば大学のときは恋愛そっちのけでサークル活動に没頭してたわけだし」

「他人のこと言えないくせに。美景だって同じでしょ」

「仰る通り——あ、いっくんと言えばさ」

言葉の途中で、美景が閃いたような声を上げた。

「就職先、確かこの辺じゃなかった？」

そうなのか。大学を卒業後は企業の営業をしていると聞いたけれど、詳しいことは知らなかった。私は首を傾げてみせる。

「声かけたら来たりしないかな」

「今？」

美景は何事においても思い立ったらすぐ行動するタイプだ。だからこんな風に、唐突な提案をすることがある。

「いや、急すぎるでしょ。悪いよ」

「来るか来ないかを決めるのは本人なんだからいいじゃん。誘うだけ誘ってみよっと」

軽快に言うと、彼女は傍らに置いていたトートバッグのなかからスマホを取り出し、操作をし始める。個人宛てにメッセージを送るつもりのようだ。

言って聞くような性格ではないと知っているから、こうなることは予想できていた。小さくため息を吐いて、左手に填めた腕時計に目を落とす。

金曜日の十九時半。普段、時間に自由の利かない社会人だからこそ、何かしらの予定で埋まっている時間だ。どうせいい返事はもらえないに決まっている。

——ところが。

「いっくん、来るって」

「えっ、本当？」

「うん。場所送ったら、『十五分くらいで行けます』って。さすが、フットワーク軽いね」

美景が上機嫌に頷く。

まさか来ると言い出すなんて思わなかった。そういえば、彼にはサービス精神が旺盛な部分もあったっけ。

急な無茶ぶりにもかかわらず快い応対をしてくれるなんて、本当、いい後輩に恵まれた。

いっくんとは卒業してから全然会っていない。会わなくなってもう五年以上も経つけれど、見た目や中身は変わっただろうか。変わったとしたら、どんな風に？

「さて、来るまでにオーダー済ませておこうっ。雨音、どれ食べたい？」

「えっとね——」

私は彼の人懐っこい笑顔を思い浮かべながら、美景が開いたメニューを覗き込んだ。

「お久しぶりです。お待たせしました」

待つこと約十五分。ほぼ約束通りの時間に、いっくんは現れた。

「やだ、いっくん久しぶり！　相変わらず可愛いねー！」

美景が興奮気味に言う通り、久しぶりに会ったいっくんは、どこか中性的な要素のある可愛らしさを依然とキープしていた。可愛らしさに清潔感を足したようなマッシュショートの髪型は変わらず、ダークグレーのスーツにミントグリーンのネクタイを合わせた爽やかな装いがとてもよく似合っている。

「いえ、そんな」

彼は少し照れた様子で小さく首を横に振ってから、

「美景先輩、雨音先輩、久しぶりにお会いできてうれしいです」

と言って笑った。その笑顔が、新歓のときのそれと重なる。私と彼との間を桜の花びらが通り過ぎて行った、あのとき。

「急に誘ってごめんね。びっくりしたでしょ」

「そんなことないです。思い出してもらえてうれしかったですよ」

彼はややオーバー気味に首を横に振ると、またはにかむように笑った。

可愛い。その所作に愛おしさが込み上げる。といっても、異性に対するものではない。彼はやはり子犬だ。大きな瞳を輝かせ、尻尾をぱたぱたと振っている――ように、私には見える。

「さっ、どうぞ座って座って」

美景がいっくんのビジネスバッグを受け取り、自身のとなりの椅子の上に置く。そして、彼を私の横に促した。

「ありがとうございます」

「飲み物はどうする？」

私が訊ねると、いっくんはスーツのジャケットを脱ぎながら、私たちのグラスに視線を向けた。

「先輩たちはビールですか？」

「うん」

「懐かしいですね」

いっくんはかつて幾度となく見ただろう光景を思い出したのか、笑って言った。それから、傍を通りかかった店員に目配せをして呼び止める。

「同じものをください」

「かしこまりました」

「言ってくれたら頼んだのに〜。気ぃ遣うとこも変わってないなぁ」

頭を下げて遠ざかっていく店員の後姿を眺めつつ、美景が言う。

「気を遣うってほどじゃないです。こういうのって、後輩の役目だと思ってるので」

「雨音、いっくんは完全にいっくんのままだったよ。安心したね！」

「そうだね」

私は美景に同調すると、改めてとなりの席に座るいっくんを見つめた。

そんな百点満点の台詞がスッと出てくるところを見ると、彼女の言う通り、完全に彼のままだ。

いや、でも完全に——という表現は、訂正しなければいけないか。

かつてのイメージそのままであることは間違いないけれど、スーツに革靴という仕事モードな装いのせいか、それとも社会人になったという内面の変化によるものか、よくよく観察してみると、うっすらと異性としての色気が滲んできたように思う。

モノトーンのシャツとチノパン、白いハイカットのスニーカーを好んで身に着けていたいっくんが、こなれた様子でワイシャツの袖を捲っている姿を見ると、急に大人の男性にステップアップしたように感じてしまうのだ。

美景の様子を見るに、彼女はそうは捉えていないようだ。……あれ、いっくんのなかに男性を感じたのは私だけ？

「いっくんのくせに、生意気」

「えっ、何がですか」

悔しくて呟くと、私の思考など知るはずもない彼はちょっと焦った風に言って眉を下げた。こういうちょっとだけ頼りないところは全然変わってないんだけどな。

「はーい、じゃあ改めまして、感動の再会に乾杯っ」

再度美景が音頭を取ると、私たち三人はそれぞれグラスをかち合わせた。

「いっくんを待ってる間に、雨音と適当に頼んでみたんだ。食べてねっ」

「ありがとうございます。どれも美味しそうですね」

テーブルの上には、ラタトゥイユや自家製ソーセージのグリエ、パテ・ド・カンパーニュなど、いかにもビストロといった品が並んでいる。お腹が空いていたため、比較的早くサーブしてくれるのではと思われるメニューを選んだので、いっくんの到着までに何とか間に合った。

美味しい食事に、美味しいお酒。同じものを食べて飲んで、他愛のない言葉を交わしていると、五年もの空白があるとは信じられなかった。まるで、大学時代に戻ったみたいだ。

「いっくん、大学卒業してからはひとりで暮らしてるって言ってたっけ？」

早くも一杯目のビールを飲み終え、グラスワインに切り替えたらしい美景が訊ねる。

矢藤グループのメンバーと会う機会はなくとも、ごくごく簡単な近況報告などはメッセージアプリ内で交わすこともある。確かに当時、彼はそんな発信をしていたような気がする。

「はい。前からひとり暮らししてみたいなって憧れがあったので」

「自炊してるの？　ていうか、ちゃんと食べてる？」

今度は私が訊ねた。ひとりのときのご飯は得てして適当になってしまうものだ。男の子なら余計にそうだろう。

「自炊は余力のあるときだけですけど、ちゃんと食べてますよ。何となく栄養バランス考えるくらいには」

新生活に慣れたからなのか、彼は意外にも食事に気を遣っているらしい。

「そう。ならよかった。頑張ってるんだねー」

「雨音、今のやり取りは完全にお母さんと息子だから」

ホッとしたところで、ワインを噴きそうになった美景に突っ込まれる。

「え、そう？」

自分では全然意識していなかったことを指摘され、目を瞬いていると、美景が声を立てて笑った。

「昔からナチュラルに言動が保護者っぽいんだよね。いや、それが雨音の優しさっていうか、いいところではあるんだけど」

「そうですね。雨音先輩は優しいです。サークルに入ったばかりのときに、雨音先輩が僕を気にかけてくれてたの、心強かったですよ」

「……やだ、何か照れる」

ふたりから持ち上げられて恥ずかしくなってしまった私は、冗談めかしてそう言った。

あのときはいっくんに辞められないようにという邪な気持ちがそうさせていたのもあるけれど、もっと彼と打ち解けたい思いがあってこそだった。それを相手も快く感じてくれていたというのなら何よりだ。

「あー……いや、母と息子というよりは、飼い主とワンコ、かな」

注意しなければ聞き取れない声量で美景が訂正した。いっくんが合流する前のやり取りが頭を過る。やはり美景もあのとき、彼と子犬をリンクさせていたようだ。

「……？　何か言いました？」

「ううん、何でもない」

咳払いでごまかしたあと、美景はおもむろに話題を変えた。

「――そういえば雨音、例のあれ見つかった？　営業さん」

「それが、まだなんだ」

切実な悩みを思い出して呟く。

「逃げちゃった営業さんの代わりを早く立てなきゃいけないんでしょ？　大変だね」

「そうなんだよね……」

まだ半分ほど中身の残ったビールのグラスを握りしめ、私は盛大なため息を吐いた。

大学を卒業して就職したのは、保育園向けの備品を販売する『ＦＫデザインラボ』という会社だ。会社の規模は慎ましいながらも、保育の先進国である北欧から輸入したテーブルや椅子などの家具の他に、自社製品も販売している。

大学の専攻でインテリアデザインを学び、サークルでアートを嗜んでいた身としては、就職先もそれに関連する場所がいいと思っていた。我が社ではちょうどデザイン部門の人材を募集していたのですぐにエントリー。縁あって、内定を勝ち取ることができた。

その小さな会社には、大きく分けて私の所属する商品企画部と営業部とがある。商品企画部は基本的に人の入れ替わりがなく人数も充足しているけれど、営業部は常に新しい人が入っては辞めていくという悪循環に陥っていた。

それでも、これまで前任者が辞めて三ヶ月も間が空くことなんてなかった。最初は楽観視していた営業部の部長も、このままではよくないと思い焦り始めたのが三週間前。そうはいっても営業職は精神的にキツいイメージがあり敬遠されてしまうのか、思うような人材は見つからない。

ということで、マイナス一の状態が四ヶ月近くも続いていることになる。さすがに、営業部のみんなも困り果て、挙句、その仕事の一部が商品企画部で一番下っ端の私に回ってくるようになってしまったのだ。

通常業務でさえまだわからないこともあるところに、慣れない営業の仕事が入ってきて、正直キャパオーバー気味だ。このままでは、正式に営業部に転属してほしいなんて話も出かねない。そうならないために、一日でも早く営業部に人を入れなければ。

私が矢藤グループの面々に連絡をしたのは、そういう経緯だ。もっとも、サークルの知り合いだけにとどまらず、学科の友達、高校時代、中学時代の友達にまで遡ってとにかく声をかけまくった。声をかけすぎて、誰にその話をしたか覚えていないほどに。

それでも、今現在仕事を探しているという知り合いは見つからなかった。みんなそれぞれ自分の場所で頑張っているならそれが一番だけど、こんなにも捕まらないものとは。

「美景、今のとこ辞めてうちにきてよ」

「えー、うちの会社より給料上げてくれるなら別にいいけど」

「ごめん、それは無理だ」

私は苦笑して首を横に振った。

美景は外資系の生命保険会社に勤めている。社交的で他人とのコミュニケーションが得意な美景にとって、完全実力主義の生保の世界は向いていたようで、社内の新人賞をもらったなんて話を聞いたこともある。

……うちの会社の規模じゃ、どんなに頑張っても、今より待遇がよくなることはなさそうだ。

「探してる人の条件とかはあるんですか？」

いっくんが私と美景にラタトゥイユを取り分けてくれながら訊ねる。

「条件という条件もないんだけど……まぁ、二十代くらいで、営業の、できたら同業種で働いた経験があって、簡単に辞めない人……とかかな。でも、贅沢言えないから興味があるって言ってくれる人ならとりあえず面接受けて欲しい感じ」

話していて悲しくなる。条件と呼べないくらいのそれなのに、周りには見当たらないのだ。

「なるほど、そうですか」

「何、いっくん探してくれるの？　もしくは、心当たりでもいる？」

ナスやズッキーニ、玉ねぎなど、バランスよく盛りつけられた小皿を受け取り、美景が訊ねる。

「ええ、まあ」

「本当？」

私は反射的に訊ねた。

「訊いてよかった。それで、どんな人？」

すると、いっくんはおもむろに自分を指さしてにっこりと笑んでみせた。美景とふたりで彼に眼差しを向けたまま固まってしまう。

……？　えっと？

「僕じゃダメですかね。その、代わりの営業」

「えっ、いっくんが？」

さっきよりも驚いた声が出てしまった。

「だって、仕事してるじゃない。今の会社に不満はないって」

三週間前、彼に「仕事探してたりしない？」とか「会社辞めたいって思ってたりしない？」なんて質問を投げかけていたことが頭を過る。そのときの彼の答えはいずれもＮＯだった。

「不満はないですよ。でも、違う場所で自分の力を試せたらとは思っていたんです。条件的にも、おそらく当てはまってるので」

「ちょうどよかったじゃん、雨音。いっくんならいろいろ安心でしょ」

「そりゃ、そうなんだけど……」

安心。確かに、様々な角度から見て彼のような人なら安心だ。今現在も営業職であるのも心強い。

「頼りないですかね、僕だと」

いっくんが申し訳なさそうに項垂れたのを見て、慌てて首を横に振る。

「あ、ううんっ。いっくんじゃダメとかじゃないの、全然。ただ、本当にいいのかなと思って」

頼りないどころか大歓迎だ。でも、いっくんの今の会社に比べてうちの会社がいいかどうかはわからないし、ありがたい申し出だからといってすぐに「入社して！」と飛びつくのは、彼に対して無責任な気がした。

「はい。まずは詳しい話だけでも聞きたいです。そこから少し考えさせてもらえれば」

そんな私の気持ちを汲んでくれたいっくんは、冷静になって検討する時間を設けると言い直しつつも、前向きであると意思表示してくれる。

「あ、ありがとうっ、そういうことなら、営業部の上司に話してみるね」

「よろしくお願いします」

「ううん、こちらこそだよ」

いっくんが折り目正しいお辞儀をしたから、私もつられて頭を下げる。

そんな私たちを眺めながら、白ワインを利いていた美景が上機嫌に口を開いた。

「話がまとまりそうでよかったね。ってことで、前祝いしよっ！　乾杯っ！」

まるでもう決まったも同然というトーンで軽やかに言ったあと、彼女は手にしていたグラスを高く掲げた。まったく、気が早いんだから。

「はいはい、乾杯」

本日三度目だ。彼女に倣いグラスを掲げると、いっくんも微笑みながらそれに続いた。

「ここに本田とか小沢とかがいればもっとよかったのにねー。近いうちまた召集かけてみようかなっ」

「うん。そうしてみてよ」

美景に相槌を打つ私は、胸のつかえが取れたみたいな解放感を覚えつつ、引き続き学生のころにタイムスリップしたみたいな心地いい時間を過ごした。

近い将来、いっくんに今の話を持ち掛けたことを後悔するなんて、このときは知る由もなかったのだった。

2

いっくんが正式に『ＦＫデザインラボ』の一員になったのは、それから二ヶ月ほど経ったあとだった。

彼のありがたい申し出を営業部の部長である藤原《ふじわら》さんにつないでから、面接まで約一週間。いっくんは悩まず即決だったそうで、そこから前職の仕事の引き継ぎを完全に終えた六月のはじめから、うちの会社の営業として働いてくれることになったのだ。

藤原さん目線のいっくんの印象はすこぶるよく、「よくこんないい人を連れてきてくれた」とお褒めの言葉を頂いた。自慢の後輩を認めてもらえて、私としても鼻が高い。

今私が受け持っている取引先をいっくんに引き継ぐため、しばらくの間、それらの仕事に関してはふたりで一緒に担当することに決まった。

◆◇◆

いっくんが働き始めて半月ほど経ったある日。私はいっくんを飲みに誘った。

得意先からの帰り道だったのだけど、揃って会社に戻るには遅い時間だ。かといって直帰するにはまだ早い。

そのときふと、いっくんに対するお礼と、彼の転職祝いがまだだったことを思い出した。急ぎの仕事もないし、たまにはこんな時間の使い方も許されるだろう。

選んだお店は、二ヶ月前に彼と再会した場所とは毛色の違う、和風居酒屋だ。チェーン展開している割にはあまりチープさを感じない、落ち着いた雰囲気のお店。席と席の間もゆとりがあり、すべて半個室になっているようだった。

「今日は何でも好きなもの頼んで。私がおごるから」

掘りごたつの席に角を挟んで座るなり、私が言った。

「え、どうしてですか」

「私を助けてくれたお礼と、転職祝い。遅くなってごめんね」

「そんなこと」

いっくんは小さく手を振った。

「僕、そういうつもり全然ないですよ。言いましたよね、他のところで力を試してみたいって」

「わかってる。でもいいの、いっくんが来てくれたおかげで本当に助かったんだから。ね、お願いだからお祝いさせて」

彼の気持ちはよくわかっているつもりだ。でも、変な計算がないからこそありがたいし、そんな彼のために何かしてあげたいと思うのだ。

「……わかりました」

彼は少し困ったように考える仕草を見せていたけれど、ふっと表情を和らげた。

「じゃあ、今日は雨音先輩に甘えますね。ありがとうございます」

——そして、いつもの、庇護欲を掻き立てられる微笑みを浮かべる。

「いえいえ」

その表情に心を癒されつつ、顔に出すまいとにっこり笑ってみせた。

……可愛い。やっぱり子犬だ。この全力で信頼してくれている感じ、懐かしいな。

「最初はやっぱりビールですか？」

「私はね。いっくんは、好きなのでいいよ」

前回、私と美景に付き合ってくれたことを思い出して言うと、彼は「いえ」と笑った。

「ビールがいいです。ビールで乾杯しましょう」

「……ありがと」

そんな屈託のない笑顔を向けられると、つい目尻が下がってしまう。

たまに、彼の言動は計算し尽くされたものなのではないだろうか……と、疑いたくなるときがある。だってそうでなければ、こんな風に絶妙にうれしいポイントを突いた言葉が出てくるはずないだろう、と。

なんて、根っからピュアな彼を穿って見るのはよくないか。しかも、自分の窮地を救ってくれた相手だっていうのに。反省せねば。

「うちの会社、もう慣れた？」

ビールで乾杯し、その琥珀色の美酒を口にする。それだけで一日の疲れが洗い流されていく感覚に陥りながら、彼の座る左側に顔を向けて訊ねる。

「はい。みなさんよくして下さるから、働きやすいし、楽しいです」

「いっくんには感心するよ。会社の子たち、みんないっくんのこといいねって話してるよ」

彼がうちの会社に来てからというもの、若い女子社員は彼に興味津々だ。彼女たちも、いっくんが初日に見せたこの笑顔にやられたらしい。そのせいもあり、これまで社内にはいなかったタイプの子犬系イケメンは、たった数日で完全に会社に溶け込んでいた。

ウケているのは女子社員からだけではない。営業部長の藤原さんはすっかりいっくんのことがお気に入りだ。

素直で、真面目で、返事がいい。五十代に差し掛かろうという藤原さん世代には、彼のようなタイプが可愛げがあるように映るのだろう。

「本当ですか？　うれしいですね」

「うん。藤原さんもいっくんに期待してるみたい」

「その期待、裏切られたと思われないようにしないと」

「いっくんなら大丈夫。藤原さんから前職も同業他社だって聞いてるよ。っていうか、何で黙ってたの？　前の会社が『マルティーナ・ジャパン』だって」

私はいっくんがチョイスしてくれただし巻き玉子を頰張ってから、拗ねたふりをして訊ねた。

『マルティーナ・ジャパン』とは、ヨーロッパを中心に保育園向け家具を設計・販売しているマルティーナ社の商品を、輸入・販売している会社だ。

マルティーナ社製の家具や遊具は色使いがビビッドで、安全第一のデザインであるのにオシャレだと評判が高い。ヨーロッパではもちろんのこと、日本でも人気がある。

私も、展示会で何回か実物を見たことがあるけれど、他のメーカーにはない斬新さがあって深く記憶に残っている。自分自身もそういう商品をデザイン出来たらな、とも思った。

「別に黙ってたわけじゃないんです。社名を言う機会がなかったというか」

「業界大手だって知ってたら誘ってなかったよ。転職で明らかに条件悪くなっちゃってるけど、本当にこれでよかったの？　『マルティーナ・ジャパン』なら将来安泰そうだし、残ったほうがよかったんじゃない？」

会社の規模は比較にならない。それはいっくんだってわかっているはずなのに。

私が転職話を持ちかけたことで、彼の人生を狂わせているのではないだろうか……なんて、後ろめたさを感じてしまう。

「大丈夫です。よかったんですよ、これで」

きっぱりとした口調で、いっくんが言う。

「あとで、やっぱりよしておけばよかったってことになるよ」

「なりませんって」

笑いながら手を振ると、彼はふっと視線を落としたあと、私と真正面に向き合うようにこちらへ身体を向けて椅子に座り直した。

「……なりませんよ。僕はむしろ、逆のほうの後悔をしたくなかったです」

「逆のほう？」

「あのとき雨音先輩の力になればよかったって、そういう後悔……です」

ちょっと緊張した風な所作。語尾は言いにくそうに言葉を止めながら、困ったような笑いを見せる。

「いっくんは優しいね。久しぶりに会った私のことも、そんなに一生懸命考えてくれて」

「ことも、じゃないです」

否定よりも説得の音色が強い言い方で、いっくんが言う。

「――雨音先輩だから、力になりたいんです。他の誰でもなく、雨音先輩だから」

「…………」

他の誰でもなく私だから。そんな台詞、まるで私が特別な人みたいな言い方に聞こえてしまう。

真摯な瞳で見つめられると、どう返事をしたらいいかわからなくて、咄嗟に言葉が出なかった。

誰にも打ち明けたことはなかったけれど、ひょっとするといっくんは私を好きなのかもしれない――と、大学時代、何度かそう思う瞬間があった。

直接本人から告げられたことはないけれど、今のように、ふたりになったときに「これはアプローチされてる？」と思える言動がいくつかあったのだ。

自分で言うのも悲しいけれど、私は彼のようなイケメンから好かれる要素は一切持ち合わせていない。外見も中身も平々凡々だ。

当初は思い過ごしだと深く考えないようにしていたけれど、それだけでは説明し尽くせなくてモヤモヤしていた。まさか、五年以上も経った今、また同じ展開になるとは。

「入社して二週間くらい経ちましたけど、会社に馴染めたのは雨音先輩のおかげだと思ってます。大学時代、サークルに入ったばかりのあのころみたいに、雨音先輩にお世話になりっぱなしですよね。同じ会社の人や、取引先との間を取り持ってくださって」

「ううん、当たり前のことだから」

私は小さくかぶりを振った。

旧知の仲ということもあり、まったくの他人にそうするよりは気を回した自覚があるけれど、それは引き継ぎを行う上で当然のことだと思っているので、感謝されるのは逆に申し訳ない。

「いえ。僕、雨音先輩のそういうところ、本当に素敵だなって思うんです。だからこそ、先輩の傍にいて、力になりたいんです」

——先輩の傍にいて力になりたい。

この言葉を他意なく紡いだのだとしたら、よほどのプレイボーイか考えなしかのどちらかに違いない。

でもそうじゃない。彼の顔を見れば何となくわかる。勘違いではなく、彼は私を異性として意識している。例えば、ここで私が彼を好きだと打ち明けたなら、おそらく彼も同じ台詞を口にするだろう。そのまま付き合おうなんて話にもなりそうだ。

けれど残念ながら、私が彼に愛の告白をすることはない。それはこの先も変わらないだろう。

いっくんのことは嫌いじゃないし、むしろ好き。でもそれは仲間としてであって、異性としてではないからだ。

人懐っこくて、優しくて、誠実な可愛い後輩。いっくんに対しては、どうしてもそれ以上の感情を抱くことができない。申し訳ないけれど。

「……そっか。ありがとう」

私は言葉の奥に潜むものに気が付かないふりをして、明るくお礼を言うだけに留める。ちょっとした罪悪感を打ち消すように、ビールを呷った。

「そうだ、今日で取引先への挨拶回りは一段落ついたね。もう、いっくんひとりで大丈夫じゃないかな」

彼はどの取引先に連れて行っても、先方からは概ね百点満点の評価が返ってきた。子犬気質ではあるけれど、仕事となると少し雰囲気が変わる。人懐っこさはそのままに、いつもよりも堂々としていて、ハキハキとした気持ちよさがあった。これは多分、一緒に仕事をしなければ知り得なかった彼の一面だ。

でも、それもそのはず、営業は彼の本職だ。人手が足りずにやむなく携わる私とは違う。

彼は私がいなくとも自身の役割以上のことをしっかりとこなしてくれる。ちょうどいい機会だし、この辺りで仕事を一任して、彼との関わりを減らしていくのもいいのかもしれない。

「いえ、全然そんなことないです」

「謙遜しないで。どこに行ってもいっくんなら任せて大丈夫だって確信したよ。私も、自分の仕事があったりするからさ」

普段の仕事を多少調整してもらっているとはいえ、二足の草鞋は結構キツい。そんな側面もあり、そろそろ私の手を離れて欲しいという気持ちがあった。

私の言葉に、彼の瞳が微かに揺れる。

「でも……会社によって仕事の進め方が違ったりしますから。何かしらの取引を一通り終えてからじゃダメですかね？　もちろん、僕が主体的にやらせてもらう感じで、雨音先輩にはそれをチェックしてもらいたいんですが」

そして少し困ったように眉を下げて、こちらをじっと見つめてくる。その瞳が、まるで「見捨てないで」と訴えるダンボールに入れられた子犬のように見えてきた。何だか、悪いことをしている気分になる。

「…………」

弱った。昔から、良心に訴えかけてくるその瞳には逆らえない。込み上げる罪悪感もさることながら、ただただ、純粋に可愛い。だから強くは出れない。

「……そ、そしたら藤原部長に聞いてみて。私がついていたほうがいいっていうなら、そうするから。それでいいかな？」

「はい。じゃあ、僕のほうから藤原さんに相談してみます。すみませんが、よろしくお願いします」

私が譲歩すると、いっくんは表情を緩めて頭を下げた。

――負けた。敵わなかった。ここで独り立ちしてもらう予定だったのに。

と思うと同時に、過去に何度も似たような出来事があったことを思い出す。サークルの飲み会の二次会に出ずに帰ろうとする私に「もう帰っちゃうんですか？」と。彼が探してきたあまり自分の嗜好に刺さらない展覧会への参加を遠慮したときには「雨音先輩は来てくれないんですか？」と。

いずれも、この目で悲しげに訊ねられたら、発言を翻さないわけにはいかないだろう。それらの記憶が、頭の片隅に浮かんでは消える。

でもごめん、いっくん。気持ちはありがたいけれど、私はそれに応えられないんだ。本当、ごめんなさい。

……とにかく、話題を変えよう。

「にしても、いっくんとふたりで飲みに来るなんて、いつぐらいぶりだろ？　もしかして、初めて？」

私は努めて笑顔をキープしながら、微かな動揺を悟られないように顎に指先を当て、考える仕草をする。

「いいえ、雨音先輩が四年のときに一度ありますね。定期の飲み会の二次会で。よく覚えてます」

「そうだったっけ」

「はい。そのとき雨音先輩はちょうど内定をもらったところで、うれしかったのか珍しく結構酔っぱらってました」

「えっ、本当？　迷惑かけたりしなかった？」

「いつもよりテンション高かったですけど、大丈夫ですよ。可愛かったです、すごく」

ビールジョッキを傾けていた彼は、それを置くと目を細めて笑った。

「かっ……可愛くはないと思うけど、でも、何かやらかしてなければよかった」

可愛い、というフレーズに戸惑いつつも、ホッと胸を撫で下ろす。

元来あまり自分に自信のない私は、就活のときもハラハラしっぱなしだった。大手のデザイン事務所もいくつか受けてみたりしたけれど、いずれも玉砕。散々不採用通知をもらったあとに今の会社を受けたものだから、内定の知らせを聞いたときは、よろこびやら達成感やら解放感やらで気分が高揚していたのを覚えている。

お酒に関しては、普段から深酔いしないように気を付けているつもりだし、飲み会ではいっくんと一緒に飲み潰れたメンバーの介抱をする役割を担っていたはずだ。でもいっくんの話を聞くに、そのときはうれしすぎたのか多少羽目を外していたのかもしれない。

「可愛いですよ、雨音先輩は」

「や、やだなぁ。私よりもいっくんのほうが可愛いよ」

「そんなことないです。雨音先輩の彼氏になる人ってどんな人なのかなって気になります。……その人が羨ましいなって」

その瞬間、そう告げるいっくんの私を見つめる瞳が、子犬のそれではなくなった。どこか射抜くような鋭さの滲むその目に見つめられて、心臓の鼓動が速くなる。

「雨音先輩って、今お付き合いしてる人はいるんですか？」

何と返答するべきかを考えているうちに、彼が問うてくる。

「……いない、けど」

「そうなんですか。よかった」

私の答えを聞くや否や、いっくんは安堵の表情を浮かべた。

……「よかった」ってことは、やっぱり、私を――ってこと？　なの？

「そういえば、雨音先輩とこんな風に恋愛の話をするってなかったですよね。どういう人が好き、とかあるんですか？」

「うーん……」

怪しい雲行きになっていると内心ドキドキしつつ、顔には出すまいと必死に平静を装う。

妙に喉が渇いてきた。滅りの悪いビールで喉を潤し、悩みながら口を開く。

「えっと……あんまり深く考えたことはなかったけど、そうだなぁ、自分を引っ張っていってくれる人がいいかな」

「へえ、そうなんですか」

いっくんが軽く目を瞠った。

「うん。従順なタイプよりは、強引な感じの人のほうがいいかも。ちょっとSっぽい部分があっても好きかな」

いっくんが前者だとわかっていながらそう口にするのは気が引けたけれど、でもこうやって遠回しにその気がないことを表現するしかないと思った。

本当のことを言えば、好みのタイプというものを自分でもよく理解していない。今まで好きになった男性は何人かいるけれど、ルックスも性格も嗜好もバラバラだった。いわゆる「好きになった人がタイプ」ってヤツなのかもしれない。

彼とは今後も会社で顔を合わせるだろうし、大学時代からの気の置けない仲間だ。気まずい関係になるのだけは避けたい。

「強引でSっぽい人、ですか?」

すると、いっくんはちょっと困惑気味にそう訊ねる。

私が頷くと、彼は「そうですか」と相槌を打って黙ってしまった。

「………」

途端に流れる静寂。さっきまでの穏やかな空気が一変したのがわかる。

あまり誠実な伝え方ではないけれど、でもこうするしかなかったのだ。

私のためならとわざわざ転職までしてくれたいっくんに悪いと思いつつ、間をつなぐため苦いビールを嚥下した。

「今日は急に付き合ってくれてありがとうね」

「いえ、こちらこそ転職祝いありがとうございました」

居酒屋を出て、私たちは駅までの道のりを歩き始めた。その道すがらで言葉を交わす。

あのあと、少し元気のなくなったいっくんとはあまり会話が盛り上がらず、ほとんど飲み食いしないままに解散となった。飲み始めたのが早かったにしても、二十時前に終了だなんて初めてかもしれない。

「………」

お互い何を話すべきかという戸惑いがあるせいか、無言の時間が続いてしまう。コンクリートを打つ靴音だけでもBGMとなってくれているのがありがたい。

となりを歩くいっくんの表情を盗み見る。目鼻立ちのはっきりした綺麗な横顔は、普段とは違う憂いを含んでいるように感じる。

私の想いを汲んで、傷ついたんだろうか。

とっても悪いことをしている気分だけど、仕方がないと割り切らなければ。

「あの、私買い物して帰るから。また会社でね」

このまま一緒に帰るのは私にとって、そして彼にとっても窮屈だろう。駅に続く大きな二股の分かれ道の反対側に都合よくあったコンビニの煌々とした明かりが目に入り、足を止めて言った。

「雨音先輩」

手を振ろうとしたところで、いっくんが私の名前を呼んだ。

「――少しだけいいですか」

「うん。……どうしたの？」

いっくんが、怖いくらいに真面目な顔をしている。私が頷くと、彼は今来た道を引き返し、歩道の脇にいくつか散らばる街灯の傍へと私を促した。

街灯に背を預けるような形で彼と向かい合うと、強い光を浴びる位置にあるいっくんの顔はよく見える。見た目の印象からもっと小柄だと思っていたけれど、彼の背丈は、身長一六〇センチで五センチのヒールを履いた私と比較しても、握りこぶし一つ分は高い。どうりで彼からの視線に高さを感じるはずだ。

「確認なんですけど、雨音先輩は強引でSっぽい人が好きなんですよね？」

「う、うん……」

改めて訊ねられると、やはり良心がチクリと痛む。

「…………」

私の答えを聞いたいっくんは、ちょっと納得がいかないという風に形のいい眉を顰め、嘆息した。

「雨音先輩、昔は可愛いタイプが好きって言ってましたよね？」

「えっ？」

「僕が一年のときの新歓の飲み会で。ワイルド系よりは可愛い系のほうが、って」

そんなことがあっただろうか。半信半疑でありつつ、ごちゃごちゃした記憶の配線をものすごい速さでつなげていく。

「あぁ、そう言われてみれば……」

そして、すぐに思い出した。いっくんの言うように、彼をサークルのグループに引き入れた新歓の飲み会で、他グループの下世話な先輩が好みのタイプを訊いてきたんだった。

社会人になり男性とのお付き合いを経て、ようやく苦手意識を克服したものの、当時恋愛経験が著しく乏しかった私は、俺様気質だったり強気な男性を少し怖いと感じていた。だから、単純に怖くない人、という意味で「ワイルドよりは可愛い系」と答えたのだ。

「言ったけど、深い意味はなかったかも」

こうして記憶を遡ってみてようやく思い出すレベルの話だ。実際、いっくんに言われなければ永遠に忘却の彼方だったはず。

するといっくんの眉がぴくりと跳ねた。

「雨音先輩がそう言ったから、可愛いキャラで行こうと思ったのに」

……？　キャラ？

「結構このキャラ、大変なんだよね。イジられるのはまぁいいけど、仕草とか言動は狙い過ぎてもあざとくなるし、加減が難しくて」

「え、えっと……？」

彼は疲れたとでも言いたげに嘆息すると、肩を竦めたりしている。

何？　いっくん、何を言ってるの？

ぽかんと口を開けてしまっていたためか、そんな私がおかしかったらしくいっくんが笑う。

「雨音先輩、口」

「あ、ごめん……」

謝って、開けっぱなしの口を閉じた。いや、それより！

「キャラって何？　よくわからないんだけど」

「察しが悪いな、雨音先輩は。そういう抜けてるところも好きだけどね」

「す……!?」

さらっと放たれた一言で時が止まった。ような気がした。

けれどいっくんは、うろたえる私など意に介さない様子で流暢に続ける。

「さっき言ったじゃん。雨音先輩が可愛い系が好みだって言ったのを聞いて、今までそういう自分を演じてただけの話」

「演じてた……」

「でも、違うんでしょ？　強引でSっぽい人がいいんだよね。そのほうが助かるよ。自分を作らなくていいから」

理解が追い付かないままに、彼が一歩距離を詰め、私の顔を覗き込む。

——えっ、近い。彼のチャームポイントである大きな瞳が真っ直ぐに私のそれを見下ろしている。

私は、混乱しながらも彼を見つめ返すことしかできないでいた。

「どうしたの？」

今、目の前でそう訊ねているのは本当にいっくんなのだろうか？

私の知っている須藤郁弥という人にそっくりな別人、ということはないだろうか。

指通りのよさそうなサラサラなマッシュヘアも、緩やかな曲線を描く眉も、くっきりとした二重の大きな目も、高い鼻梁も。見慣れた彼のもので間違いないのに、聞き慣れない淡々とした口調やいつもよりもワントーン低い声音にただただ戸惑う。まるで、知らない人と話している気分だ。

すると、彼の左の手が、私の右頬を掬うように触れた。

「先輩、すごくびっくりした顔してる」

「……当たり前だよ」

この手。頬に触れる手。押し返すべきだとわかっているのに、頭のなかでの処理が追い付かない。どうしていっくんは、私にこんな触れ方をしているの？

「もしかして、よ、酔ってるの？」

「そう見える？」

「あ、ううん……」

苦し紛れに出した問いを一蹴され、素直に引っ込むしかなかった。

それもそうだ。私も彼も、さっきの居酒屋でビールを一杯ずつ飲んだだけ。普段嗜む量を考えても、酔っ払うには至らないだろう。じゃあ、何で？

「それより――俺、決めたから」

答えの出ない問題を解き続けている私に、彼がにっこりと笑いかけて言った。

俺。馴染みのない一人称だ。彼の口から初めて聞いたように思う。

「決めた？」

「もう『いい子』はやめて、素を出すことにする」

「えっ、それってどういう――」

彼は右手の人差し指を自身の唇に当てた。どうやら、思ったより大きな声を出してしまったみたいだ。

「だから、覚悟して」

聞き慣れないトーンでの笑いにまだ困惑していると、彼は右手で私の左手の袖を引き寄せた。その刹那、彼の唇と私のそれが触れる。

「っ……？」

触れ合った瞬間は、何が起きているのかまったくわかっていなかった。

けれど、唇から伝わる温かくて柔らかい感触が、徐々にこの信じがたい状況を思い知らせてくる。

キス。これは、正真正銘のキスだよね？

いっくんと私がキスしてる……？

思考を巡らすことで精一杯の私は、まるで鉄の塊にでもなったかのように動けなくなる。

それをＯＫのサインと受け取ったらしいいっくんは、重ねた唇の隙間から舌を差し入れてきた。

「っ……!?」

唇とは違う温かくて柔らかい何かが口腔内に入り込んでくる。後ずさりして逃れようにも、背には街灯の柱があって叶わない。いや、街灯がなかったとして、極度の緊張状態のために硬直した脚は動かせないに決まっている。

どうしよう――どうしたらいい？

そうこう迷っている間に、彼の舌が、私のそれを掬ってきた。凹凸のある表面で撫でられると、身体の内側にぞくぞくとした感触が駆け抜ける。

――このままじゃいけない！

「ちょっ……待ってっ……！」

そのとき、身体の硬直が解け、弾かれたようにいっくんの胸を押した。火照った頬から、がちがちに固まった腕から、彼の指先が遠のいていき、私と彼との間に再びわずかな距離が生まれる。

「気に入らなかった？　ご所望の内容通り、早速実行してみたんだけど」

「き、気に入るとかそういう問題じゃ――何考えてるのっ！　急にこんなことしてどういうつもり？」

いきなり人の唇を奪っておきながら、まったく悪びれていない態度を責めると、いっくんはおかしそうに笑った。

「俺の話聞いてなかったの？　どういうつもりって、雨音先輩が好きだからに決まってる」

「好き……」

確かにさっきどさくさに紛れてそう言われた気もする。その意味を噛み砕いて考えるほどの隙は与えられていないけれど。

「だからって、こんな無理やりっ」

「強引なのが好きだって言ったのは雨音先輩だよ？」

小首を傾げてみせるいっくん。「そういう問題じゃない」と喉元まで出かけたけれど、存在感のある愛らしい瞳でじっと見つめられると、言い返すのが躊躇われてしまう。

彼は小さく嘆息すると、肩を竦めた。

「——ま、でも確かに最初から飛ばし過ぎたかもね。先輩って奥手そうだから、いくら強引が好きとはいえいきなりキスとかは引いちゃったかな。だとしたらごめんね」

「なっ……」

地味に図星を突かれ言葉に詰まる私をよそに、いっくんが続けた。

「ということで、不本意ながら今日はここまでにしとくよ。明日からまたよろしくね、雨音先輩」

言いたいことはすべて言い終えたと言わんばかりに、彼は私の左の肩をぽんと叩いてから、踵を返す。

「……それとも、駅まで送っていこうか？」

思い出したみたいに足を止めて、呆然とする私を振り返って訊ねる。

「へっ、平気っ！　お疲れさまっ！」

これ以上一緒にいたら、また何をされるかわかったものではない。

私は小さな叫びに近い挨拶を残すと、当初の予定通り明るい光を放つコンビニへと駆け込んだ。

動揺したまま店内奥の雑誌コーナーまで進んでいく。そこに誰もいないことを確認すると、大きく深呼吸をして顔を俯けた。

視界には、灰色のつるつるした床と靴先の尖った履き慣れたパンプスが映ったけれど、意識が注がれているのは別の場所だ。まるで動画でも見ているみたいに、頭のなかに一連の出来事が勝手に再生される。

いっくんがいっくんじゃなかった。今まで彼だと思っていた人は、彼がそう振る舞うと決めて演じていたキャラクターだったのだという。

彼はその理由が私にあると言った。私のことが好きだから、私の好みの男性像に合わせたのだと。

それだけでもショックなのに――

不意に、唇の感触が蘇る。私は信じられない記憶を辿りながら右手で唇に触れた。ほんの数分前、ここにいっくんの唇が触れていたなんて。

これは夢？　そうだ、夢だ。夢なら納得できる。寝て起きればいっくんは素直で従順な『いい子』のままで。私といっくんがキスをしたなんて事実も存在しない。

そう思い込むことで少しだけ気持ちが落ち着いた私は、もう一度深呼吸をしてから顔を上げた。

「っ！」

心臓が止まるかと思った。

雑誌が重なって置かれた棚の先には、店内を取り囲むようにガラスの壁が張り巡らされている。そのガラスを挟んだ向こう側に、いっくんの姿があったのだ。

彼は驚く私の顔を見届けると、にっこりと邪気のない笑みを浮かべて、駅のほうへと歩き出した。

ダメだ。このままでは身がもたない。夢なら早く覚めてほしい。そう思い左手の甲をつねった。

――無情にも、痛みが走る。

明日からの彼との関係をどうするべきか。私は途方にくれ、しばらくその場所に立ち尽くしていたのだった。

3

「今日の分のゴミ集めちゃいますね」

十八時半。自分のデスクにあるパソコンの電源を落とすと、私はまだ周囲で作業を続ける先輩ふたりに断りを入れて、それぞれの足元にあるゴミ箱を手に取り、中身を透明なゴミ収集袋のなかに入れていく。

『ＦＫデザインラボ』の商品企画部の社員は、私を含めて七人。残っているふたりは、明日納期の仕事が終わっていないとかで今夜は長丁場になりそうだと話していた。終業時間が十八時ということもあり、他の四人は既に退社している。

急ぎの仕事がない限りは、翌朝出すゴミを纏めてから帰るのが習慣になっている。うちの会社のビルに清掃業者は入っていないので、各テナントは朝、指定の集積所にゴミを捨てに行かなければならない。誰かに命じられたわけではなく、商品企画部のなかで一番仕事量が少ない私がやるべきことなのではと思って、入社当時から続けている。

ものはついでなので、営業部のゴミも一緒に纏めることにしているのだけれど……。

「雨音先輩。営業部のほうは僕がやっておきますね」

横長のフロアは、中心から左右に商品企画部と営業部とに分かれている。自分たちの島のゴミを纏め終え、営業部のエリアに足を踏み入れたところで、いっくんに声をかけられた。

「あ、ありがと」

「いえ」

爽やかに一笑するいっくんへ、手にしていたゴミ袋を渡した。彼は、私が定時を過ぎたころひっそりとゴミ集めをしていることに気付き、それ以来、その時間にオフィスにいるときはこうして手伝ってくれるようになった。

ほんの数日前の私であれば、気の利く彼の行動に甚く感謝をするところなのだけど、事情が変わってしまった。

「お疲れさまでした。お先に失礼します」

——今だ。彼が自分のところのゴミを集めている間に早く帰ろう。

私は小声でデスクの周囲に宣言すると、トートバッグを抱えてそそくさとエントランスへ向かった。

このオフィスは十階建てのビルの九階に位置している。常に開け放たれたエントランスを出てすぐの場所にあるエレベーターホールに向かうと、下ボタンを連打した。

一階で停止していた昇降機が、九階を目指して上昇してくる。ようやく到着というところで、

「雨音先輩」

背後から、聞き慣れた彼の声が聞こえた。彼というのはもちろん――

「いっくん、は、早いね」

ほんの少し前、ゴミを纏めると言っていたはずの彼が、もうそれを終えオフィスを出ようとしている。

「はい。僕も帰るところなんですけど、一緒に乗っても大丈夫ですか？」

いっくんは、私が断れないのをわかって訊ねている。小さなオフィスなので、エレベーターホールで話している内容は内部に筒抜けだ。理由らしい理由もなく拒否をすれば、同僚に不審がられてしまう。

「もちろん」

本当はまったく大丈夫ではないけれど、どうせ断れないならせめてこちらの事情を周囲に悟られないようにしたい。

私は愛想よく言い、開いた扉の先にいっくんとふたりで乗り込んだ。

昇降機の定員は六名とある。横に並ぶと、彼にぶつからず両手を広げることが難しいくらいの距離感だ。なるべく端に行こうと、角を背にして箱の中に収まった。ほどなくして、扉が閉まる。

「俺のこと、撒いたつもり？」

扉が完全に閉まった瞬間、オフィスで話すときよりもワントーン低い声でいっくんが言った。

「ひどいよね、ゴミ集めてる間に帰ろうとするなんて。ふたりきりになれる空間なんて滅多にないから、俺にとってここは貴重なチャンスのひとつなのに」

「……チャンス？」

「こんな風に、雨音先輩を近くで眺められるチャンスってこと」

言いながら、いっくんは昇降機の壁に片手を付いて、私の顔を覗き込む。

綺麗な顔が真っ直ぐこちらを見下ろしている。瞬間的に、三日前のことを思い出してしまった。

突然、キスされたときのことを。心臓がドキンと跳ねる。

「や、やめてよ。からかわないで」

「からかってるんじゃなくて、口説いてるんだけど」

「っ……」

——だから、顔が近いんだってば。そんな、鼻先が触れそうな距離で囁かないでほしい。

キスされたあの日の夜、夢ではないと思い知らされながら、それでも一晩寝て、起きて、何もなかったことにならないだろうかと願ったりもした。

翌日、言葉を交わしたいっくんが普段通りの彼であるように感じられて、ちょっとだけ期待した。

私の願いが叶ったのではないか、と。

ところがそうではなかった。彼がいつものいっくんとして振る舞うのは、第三者がいるときだ。

私とふたりきりのタイミングを見つけるや否や、強引でちょっといじわるな彼に変わってしまう。

いっくんとしても、子犬キャラが会社で浸透している手前、そこでは素を出しにくいということなのだろう。というか、彼の素がこの感じであるのを、未だに受け入れることが出来ないでいるのだけど……。

彼の言動は計算によるものだったりして——なんて冗談めかした推理が実は的中していたとは。こんな大当たり、まったくうれしくない。

軽く彼の胸を押すと、正面から接近することは諦めたようで、今度は私の耳元に唇を寄せた。

「雨音先輩、顔真っ赤。もしかして照れてる？　かーわいい」

「いっくんのくせにそういうこと言わないでっ」

面白がってクスクスと声を立てて笑う彼に、怒りを含んだ声で言った。

『かーわいい』って何、『かーわいい』って。いかにも女の子慣れしてるような喋り方、したことなかったくせに。

「それ。『いっくんのくせに』って、昔からよく言われてたよね」

グループ内の可愛い弟に対する愛のある軽口は、私に限らず他のメンバーも多用していた。懐かしむように、けれどどこか他人事みたいに彼が言った。

相変わらず近い。温かい吐息が耳にかかって、背筋がぞくりと震える。

顔が赤らんでいるのは頰の熱さで自覚していた。彼が愛用しているヘアワックスの香りがふわりと鼻をくすぐる。他者の目のない狭苦しい箱のなかでこんなにも接近すれば、意識しても仕方がないだろう。

「こ、こんな急激なキャラ変、納得いかないっ……」

とはいえ、先輩としてのわずかばかりのプライドが邪魔をして、明らかに弱った姿を見せるのは憚られた。私は喉奥に沈んでいきそうな声をどうにか張り上げる。

「雨音先輩の好みに合わせたんだけどな。強引でSっぽい男が好きなんでしょ？　自分の発言に責任持ってよ」

「だって……こんなことになるなんて、思ってなかったから」

あくまでいっくんが異性の好みとしてフィットしていないと伝えられればそれでよかったのだ。

私は、三日前の自分の言葉を悔いた。

「知ってる。俺に気がないことを遠回しに伝えようとしてたんだよね」

気付いてたんだ。小さく息を呑むと、いっくんはまた声を立てて笑う。

「当たりでしょ。わかりやすいよね」

「傷つけたならごめん……でも、会社で気まずくなるの嫌だったんだ。いっくんのこと、後輩としては今も好きだし……だけど、その」

真っ向から好意を伝えてきてくれた相手に対して、素知らぬふりをして躱そうとした私は卑怯だったかもしれない。そこだけは謝らなければいけない気がした。

「ストップ」

纏まらない言葉で謝罪する私に、彼が制止の囁きを落とす。

「別に謝らなくていいよ。こないだの繰り返しになるけど、今までは可愛い感じが好きだと思って必死に我慢してた。でもその必要はないわけだし。これからはもう遠慮しないでガンガン行くから」

いっくんの両手が、私の両肩に優しく乗った。情熱的な眼差しを向けてくるその瞳を見返すと、戸惑う私の姿が映っている。そして。

「――雨音先輩のこと、絶対オトしてみせるから」

いっくんはそう堂々と宣言した。まるでそんな未来が既に決まっているかのような、厚かましいとも取れる言い方だったけれど、不思議と嫌悪感はない。

むしろ、単刀直入に繰り返し想いをぶつけてくるいっくんに、これまで感じたことのなかった異性へのときめきさえ覚えていた。

……いや。認めたくないし、受け入れるつもりもないけれど、私のなかでの須藤郁弥という人の立ち位置が変わったことは明確だった。

胸に甘く切ない何かが響いたところで、エレベーターは一階に到着した。

「お疲れさまです」

扉が開くと、彼は可愛い後輩に戻っていた。昇降機から降りる際に、こちらを振り返って会釈すると、ビルのエントランスを抜けていく。彼の背中は、駅へ向かう人の波に飲み込まれていった。

◆◇◆

「櫻井ちゃん。櫻井ちゃんってば」

「ひゃぁっ」

ぽん、と両肩に体重を乗せられて、私はカエルでも踏んだみたいな情けない声を上げた。椅子に座ったまま後ろを振り向くと、同じ商品企画部で直属の先輩の前多琴実《まえだことみ》先輩が、ぎょっとした顔で見下ろしている。

「ごめん、あたし驚かせちゃった？」

「い、いいえ。大丈夫です」

申し訳なさそうに謝る前多さんに、小さく首を横に振って言う。

彼女に肩を叩かれた瞬間、つい一週間前にいっくんにそうされたときのことを思い出してしまったのだ。仕事中にぼんやりしてたうえに、関係ないことを連想したとは言えない。

「で、本題だけど、ベビーチェアの設計図の直し、終わった？」

「あっ、はい」

「さすが、仕事が早いね」

前多さんはオーバーに褒めてくれながら、ホッとした表情を浮かべる。

この度、私がデザインしたベビーチェアがめでたく商品化されることとなった。といっても、何度も前多さんの手直しが入っているので、彼女と私、ふたりのデザインであると言ったほうが正しいかもしれない。

二ヶ月後にある大きな展示会に合わせて、そろそろ完成形の設計図を仕上げなければいけない時期に差し掛かっていたのだ。

就職して六年目。これまでゼロからの設計はベテランの先輩方の仕事だったけれど、「櫻井さんなら少しずつ任せてもいいかな」ともらった初めての案件だったから、何よりも気合を入れていた。早めに進めておいてよかった。

「それデータで送っといてもらっていいかな？」

「承知しました」

「よろしくね。あと、十四時から会議室Ａで材木屋さんと打ち合わせなんだ。申し訳ないんだけど、コーヒーを出してもらってもいいかな？」

「はい、もちろんです。おひとりですか？」

「うん。悪いね、助かります」

言葉通りの言い方をすると、前多さんは顔の前で拝んでみせた。

会社の人、特に商品企画部の人はみんないい人だけど、なかでも前多さんにはとてもお世話になっている。明るくて竹を割ったような性格の彼女は、いいものはいい、悪いものは悪いとハッキリ口にしてくれるので、コミュニケーションが取りやすいし、その後の仕事も進めやすいのだ。

実は、彼女にはプライベートでもお世話になっていたりする。仕事仕事でろくに彼氏もできない私を不憫がってくれ、一年半前に友人関係にあるという男性を紹介してもらった。

その男性とはお付き合いまで発展したものの、残念ながらすぐにお別れしてしまった。その後も私の様子を気にして、「最近どう？」と声をかけてくれる優しい人だ。

私はパソコンのあるデスクに向きなおると、時刻を確認した。画面右下には十三時五十二分と表示されている。もうすぐ十四時か。

うちのオフィスは二つのフロアに分かれており、九階がデスクのあるメインフロアで、その下の八階はパーティションで区切られた会議室が二ヶ所と、サンプルや在庫置き場がある。

「それはそうと、須藤くんって本当気が利くいい子だね」

油断していたところでいっくんの話題が出て、微かな緊張感が走る。

「今仕事覚えるので忙しくてそれどころじゃないはずなのに、オフィスの雑用を率先して手伝ってくれるの。頼んでるわけじゃないのに、自分から『やりましょうか？』って言ってくれて」

言われてみれば、工場から商品企画部に届いたサンプルを八階に運んだり、そのときに出た梱包材を片付けてくれたりする姿を何度か見かけたことがある。彼らしい振る舞いだけれど、ここ最近ではそれすらキャラづくりの一部だったのかも、と考えてしまう自分が嫌だ。

「もうさ、須藤くんと付き合っちゃえばいいのに」

「ま、前多さん、何言ってるんですか、もう」

声を潜めて茶化す彼女に、声が裏返ってしまった。

「えー？　お似合いだと思うけどな。しっかりものの彼女と可愛い彼氏って感じで」

「彼はただの大学のサークルの後輩なので」

「悠長にしてると誰かに取られちゃうよ。社内の女の子たち、近ごろ妙にメイクに力入れてると思わない？　みんな絶対須藤くんのこと意識してるね。総務の今井《いまい》ちゃんなんて特にそう」

総務の今井ちゃん——私はつられるように営業部のデスクが並ぶ一番端に視線を向けた。そこには、パソコンで事務作業をしている女子社員がいる。

今井理子《りこ》ちゃんは、私より二歳年下の二十四歳。新卒でうちの会社に入り、以来総務と経理の仕事の一部を担当している。

いっくんを子犬に例えるなら、理子ちゃんは仔リスのようだ。小柄で華奢で、ころころと変わる表情が愛くるしい。彼女はたまに自分でチョイスしたお菓子をひとつずつみんなのデスクを回って配ってくれるので、業務が違う割には話す機会が多い。天真爛漫でコミュニケーション能力に長けた可愛い子、という印象だ。

前多さんに言われなければ気に留めなかった。仰る通り、最近の理子ちゃんはしっかりめのメイクをしている。それまではポイントメイクのイメージがないくらいだったのに、アイラインやマスカラ、チークまでバッチリ施されている。

なるほど、彼女はいっくんを意識しているのか。長い付き合いだから目が慣れてしまっているけど、客観的に見れば魅力的なイケメンなんだよね、彼は。

「前多さーん。八階にお客様がいらしてます」

そのとき、内線を取った別の社員が前多さんに声をかけた。

「はーい、ありがとうございます。……じゃ櫻井ちゃん、よろしくね」

彼女はそう返事をすると、私に念を押してから資料の束を持って小走りにエントランスへと向かった。

『もうさ、須藤くんと付き合っちゃえばいいのに』

前多さんの言葉が私の胸をざわめかせる。

いっくんと私が付き合うなんて、百パーセントない。と、彼がこの会社に入社する前なら、胸を張って言えたはずだ。

でも今は、まかり間違ったらそうなる可能性もあるかもしれない……と想像してしまう。その確率は一パーセントにも満たないわずかなものだけれど、完全に否定しきれない自分がいるのだ。

……そんなこと考えてる場合じゃないのに。コーヒーを出しに行かないと。

エントランスを出た先、エレベーターホールの奥に男女別のトイレと、そのとなりに給湯室がある。

給湯室はコンロにシンクとウォーターサーバー、そしてカップ類に、コーヒーやお茶のパックなどがしまってある備え付けの小さな棚があるだけの簡素な空間だ。

私はコーヒーを淹れようと、小棚からカップをふたつ、それからインスタントコーヒーの入った瓶を取り出し、シンクの傍の台にトレーと一緒に置いた。それからコーヒーの蓋を開け、その蓋で一杯分を計量しながらそれぞれのカップに入れる。

うちの会社も、専用マシンを導入してくれないものか——と考えていたとき、

「！」

背中を包む温もりを感じたのと同時に、目の前に白いワイシャツをまとった腕が二本、にゅっと伸びてきた。私は背後から抱きしめられているらしい。

——こんなことをするなんてひとりしか考えられない。

「いっくん！　心臓に悪いからやめてよっ」

「あれ、よくわかったね、雨音先輩」

少し甘えた口調で言った彼は、私のうなじに顔を埋めてきた。

「ちょ、ちょっととっ」

「雨音先輩の匂い。これ、何の香り？　シャンプー？」

「くすぐったいってばっ、もうっ……んんっ……！」

おそらくスタイリング剤の香りなんだろうけれど、その正体を確かめるみたいに鼻を鳴らすいっくんの腕を解こうと力をこめる。

しかし相手は男性。そう簡単に引き剝がすことはできない。もがいてるうちに、彼の鼻先が首筋

の敏感な場所に当たってしまい、変な声が洩れてしまった。

「そんな声出して、誘ってるの？」

「そっ、そんなわけないじゃない。放してっ」

「だーめ。放さない」

がっちりとホールドしたまま、いっくんが囁く。

細身の彼はもっと華奢なイメージだったけれど、意外と男性らしい身体つきをしていて密かに驚く。私の上半身に被さる両腕にはバランスよく筋肉がついていて、支える胸板には程よい厚みがある。

「――雨音先輩が悪いんだよ？　ふたりになるタイミング、ことごとく拒否するから」

この一週間というもの、お昼どきのランチの誘いや終業後の駅までの帰り道など、いっくんに「ご一緒しませんか？」と誘われていたのを、忙しさを理由にすべて断っていた。忙しかったのは事実なのだけど、またふたりきりになってしまったら、エレベーターの二の舞になる。そんな気がしたのだ。

「ふたりきりになってたら、こうやって襲ってきたくせに」

「襲うなんて人聞き悪いな。わずかな時間、好きな人を独占したいってだけだよ」

「何それっ……あっ！」

体裁のいい言い方をしているけれど、私の意向を無視している以上は襲っているのと変わらないじゃないか。

反論しようとした唇から、またも意図しない声が零れる。背後にいる可愛い顔をした後輩が、鼻先を当てていた首筋にキスを落としたのだ。甘やかな感触が波紋のように広がり、身体がカッと熱くなる。

……相手はあのいっくんだというのに。最近の私は、どうかしている。

「っ……わかったから、放して。コーヒー出しに行かないと」

「キスしてくれたらいいよ」

彼の両手首を摑んで諭してみるけれど、返ってきたのは独りよがりな台詞だった。譲歩しているようで全然していない、真逆の返事。

「でっ……できるわけないでしょ。ここ、どこだと思ってるの」

「どこって、会社の給湯室だけど」

急に真面目なトーンで彼が言う。そういうことを訊きたかったわけじゃない。

「……無理に決まってるよ。こんなの、誰かに見られでもしたらどうする気?」

「先輩がその気になったらすぐだよ。コーヒー待ってるお客さんがいるなら、早くしなきゃ」

「あのね――」

困っている態度を取るわけにはいかない。これまでも豹変したいっくんには圧倒されっぱなしで、きっと彼のほうも勢いで私を制圧できると学習してしまっている。これ以上好き放題されないためにも、毅然と立ち向かわなければ。

私は狼狽を押し隠し、強い口調で言った

「あなたに対してその気がないってこと、わかってるんでしょ？」

「はっきりと言葉にされたわけじゃないけどね」

「じゃあ言うね。申し訳ないけど、あなたのことを異性として見たことは一度もなかったの。だから、諦めてほしい」

情けない話、顔を見たらちゃんと伝えられなかったかもしれない。私自身の揉めごとを嫌う気質ももちろんだけど、後輩として可愛がってきた彼が悲しい素振りをするのを、できれば見たくないからだ。

「過去形」

「えっ？」

予測していたのと違うリアクションに戸惑う。

「『異性として見たことは一度もなかった』って。なら今は、少しはそういう目で見てくれてるの？」

脳裏にキスされた日のことと、一週間前のエレベーターのなかでのことが駆け抜ける。そのときの彼の唇の感触や、耳にかかる吐息が蘇った気がした。

「……そんなのは言葉のアヤだよ」

「一瞬考えたよね。心当たりがあったんだ？」

「っ……！」

まるで私の考えてることが透けて見えているみたいだ。絶句する私に、いっくんは満足そうな口ぶりで言う。

「うれしいよ。俺の努力の甲斐があったみたいで——ね、こっち向いて、先輩」

片手を左肩にかけ、彼がぐるりと私の身体を反転させた。強制的に彼と向かい合わされた形になる。

「どうする？　キスしていいなら手を放してあげるけど」

余裕綽々の微笑みと琥珀にも似た丸く大きな瞳で私を見下ろすいっくんは、小首を傾げて私の反応を窺ってくる。

……その可愛い仕草で理子ちゃんをオトすことはできても、私には効かないんだから！

「だ、ダメだってば」

「そ。なら勝手にしよっと」

そんなのはナシだ——と突っ込む暇もなく、了解を得られないと知るや否や、彼はこちらの顎を持ち上げて、顔を近づけてくる。

えっ、待って。いっくん、本気なの？

またしても唇が奪われてしまうと危ぶんだその瞬間、給湯室の扉のレバーハンドルががちゃりと音を立てた。同じタイミングでいっくんがぱっと私から離れて、扉を向く。

「あ、ごめんなさい、使ってたんだ」

現れたのは経理の川内《かわうち》さんだった。まさか先客がいたとは知らなかったようで、レバーハンドルを握ったまま、眼鏡の向こうにある目を大きく見開いている。

「こ、コーヒーですか？」

内心、川内さんよりもずっと驚いている私だけれど、それを極力表に出さないように静かに訊ねる。心臓が、バクバクと忙しい音を立てているのに、笑顔まで作ったりして。

「ええ。会議室Ｂに、藤原部長とお客様が」

「そうなんですね。私、すぐどきますから」

これ幸いとばかりに、ウォーターサーバーからカップへお湯を注いでトレーに乗せると、それを持って給湯室を出た。エレベーターホールで下がるボタンを押した途端、どっと疲れが襲ってくる。

……助かった。川内さんが来てくれなかったら、あのままキスしていたかもしれない。

一回目のキスは事故だ。まさかそうなるとは思っていなかったし、ゆえにガードが甘かった。

だからこそ、二回目があったなら私にも責任があるというか、少なからず望んでいたと思われても仕方ないのではないか。そんな恐れがあったから、回避できて本当によかった。

――いや、偶然に救われている時点で彼の思うつぼにハマっているような気もするけど、この際そこは考えないようにしよう。

川内さんに、私といっくんの間に流れる微妙な空気を感じ取られていないだろうか。あの場所で、私が彼に迫られていたことに気付いていないといい。もっとも、要領のいいいっくんのこと、私が去った後にフォローの一つでも入れておいてくれてそうではある。

ぎゅっと目を閉じて、まだ身体を包み込んでいるようないっくんの温もりを振り払う。

『――雨音先輩のこと、絶対オトしてみせるから』

宣言されたその台詞が私の心の隙間に入り込み、いつの間にか浸食してきている。それも、ものすごいスピードで。

いっくんのくせに生意気。いっくんのくせに――

階下で待機状態だった昇降機はすぐに到着した。私は胸にじわじわと広がりつつある別の感情に無視を決め込みながら、昇降機に乗り込んだ。

◆◇◆

梅雨のど真ん中だというのに、今年は例年よりも雨の日がぐっと少ないような印象だ。毎年この時期には折り畳み傘を持ち歩くようにしているけれど、とんと出番がないのが気がかりだった。

六月二十六日。その日は空が思い出したかのように、朝から雨がしとしとと降っていた。

別段何もない一日であるのはわかっているけれど、朝の情報番組やスマホの画面に表示される本日の日付をじっと見てしまう自分に気が付き、苦笑してしまった。

出勤し、午前の仕事をこなしてからお昼ご飯を食べ、それから午後の仕事に勤しむ。いつもとまるで変わらない平日のルーティン。

終業の時間が過ぎ、伸びをしながら、きりのいいところまでやってから帰ろうか——なんて考えていると、

「雨音先輩、ちょっといいですか」

いっくんが神妙な面持ちで私のデスクにやってきた。一瞬身構えたけれど、何だか普段と様子が違う。

「何かあったの？」

「すみません……あの、第三かしわぎ幼稚園さんとの取引の件で、ちょっとトラブルがあって」

私が持っていた取引先は、すべていっくんに引き継ぎが完了している。第三かしわぎ幼稚園は、その彼に引き継いだ取引先のひとつだった。

「トラブル？」

「はい。ここだと、ちょっと話しにくいので……会議室で相談させてもらえればと思うんですが、少しだけお時間いいですか？」

「うん、それは構わないけど……」

仕事の話となれば警戒する必要もない。むしろ、私がフォローしなければいけない事柄だからいいとして、トラブルという言葉に引っかかる。

第三かしわぎ幼稚園の窓口は経理の太田《おおた》さんという方で、その学校法人の理事長夫人にあたる。ゆえに、法人内での権力は絶大だ。

彼女はちょっと難しいところがあり、人の選り好みをする。それだけならよくある話なのだけれど、少しでも機嫌を損ねると法人全体での取引の打ち切りをチラつかせて、担当を変えろとゴネてくる困った人なのだ。

こちらも毅然とした態度で対応するべきとも思いつつ、法人全体の取引に影響力があるとなるとそうもいかない。彼女の所属する法人が運営する施設のすべてで、うちで卸したテーブルや椅子などの備品を使用しているからだ。

新しく設立する幼稚園との取引も控えているようだし、できたら今後とも末永くお付き合いをしたいところなのだけど……。

「この時間ならどっちも空いてるんじゃないかな。ね、今井ちゃん？」

自分のデスクで話を聞いていたらしい前多さんが、その場から理子ちゃんに訊ねてくれる。いっくんの雰囲気から、ただならぬものを感じたのだろう。

「はい。大丈夫です」

会議室の予約管理は総務である理子ちゃんが仕切っている。彼女が確認して答えた。

「ありがとうございます。じゃあ、下に行こうか」

使用許可も出たことだし、前多さんと理子ちゃんにお礼を言い、席を立つ。

「資料を持っていくので、すみませんが先に下りていてください。すぐに向かいます」

「うん、わかった。Ｂにいるね」

私はいっくんにそう断りを入れて、先にエレベーターホールに向かった。

いったいどんなトラブルだろう。最近の取引についてということであれば厄介だ。あの幼稚園は、一回の取引の個数が多い。万が一キャンセルだなんて言い出されたら、大変面倒なことになる。

ふたつの会議室はとなり合っており、手前にあるのがAで奥側にあるのがBだ。

AとBの間取りはほぼ一緒。六畳ほどの空間の中心に、スクエア型のテーブルがあり、それを挟むように背もたれのある椅子が二脚ずつ置かれている。扉があるのとは逆側の壁が一面窓になっており、カーテンが設置されていた。私はBの扉を潜ってなかに入り、明かりを点ける。

朝のうちに誰かが開けておいてくれたカーテンを閉めてから窓際の椅子の片側に腰掛ける。と、いっくんはすぐにやってきた。

「お待たせしました」

「ううん。大丈夫」

いっくんは片手に自身のビジネスバッグを抱えている。通勤のときに使用しているものだ。

彼は私の真向かいの椅子に座ると、手にしたバッグをとなりに置いた。

「——で、トラブルってどういう？」

「トラブル？」

私が早速切り出すと、何の話だとばかりにいっくんが首を傾げた。

「え、だってさっき、第三かしわぎ幼稚園さんがって——」

「ああ、ごめん。それ嘘」

追及の後、彼がものすごく爽やかな笑顔で言い放つ。それはもう、いけしゃあしゃあと。

「どうしたら雨音先輩とゆっくり話せるか考えたら、この方法しかなかったから」

「……何それ、騙したってこと？」

「人聞きの悪い言い方はやめてほしいな。嘘ついたのは悪いと思ってるよ。でも、仕事のふりでもしないと、先輩は俺とふたりになるの嫌がるでしょ？」

私の声に憤りが浮き出ていたのを察したいっくんは、謝りながらも他の方法がなかったと主張した。……まぁ確かに、仕事が絡んでなければここには来なかったかもしれない。

「でもだからって、こんなことしなくても」

「今日だけだよ。今日だけは少しでもいいから、どうしてもふたりきりになりたかったんだ」

そう言うと、彼はビジネスバッグのなかから手のひらサイズのショッパーを取り出した。

「誕生日おめでとう、雨音先輩」

手にしたショッパーをテーブルの上に置き、いっくんが微笑む。

――六月二十六日。今日は私の二十七歳の誕生日だ。

「な、何で知ってるの？」

「大学時代に聞いたから。毎年ちゃんとメッセージ入れてるじゃん」

そういえば――と思い当たる節があった。彼は出会ってからずっと、他の付き合いの深い友人たちと同様に、スマホで誕生日のメッセージを送り続けてくれていたのだと。

「……もしかして、このためにわざわざ？」

「一年で一日だけの特別な日だから。どうしても今日中に渡したくて」

だからわざわざプレゼントを用意してくれていたとでもいうのだろうか。

テーブルの上のショッパーには、女性人気の高いジュエリーブランドの名前が書かれている。

周囲の誰もが知るはずのない、私の誕生日。自分自身もスルーするつもりだったものだから、祝ってくれる人の存在に感嘆の声がもれそうになるのを、理性でこらえる。

「ダメだよ、受け取れない」

「え、何で？」

「受け取る理由がないもの。その袋、ジュエリーショップのでしょ。そんな高価なもの、受け取れないよ」

きっと中身はアクセサリーだ。恋人同士でもないのに、気軽にもらえる代物ではない。

「理由なんて俺があげたいからっていうだけで十分だよ」

「でも……」

「結構選ぶの苦労したんだよ。断られても処分するだけだから、嫌じゃなかったら受け取ってほしいんだけどな。せめて中身見るくらいはしてよ。それくらいいいでしょ？」

「………」

――だから、そんな寂しそうな顔でこっちを見ないでほしいのに。大きな瞳が悲しげに揺れていると、すごく、すごーく悪いことをしている気分になってしまう。

「中身……見るだけだからね」

きっぱりと拒否できない自分にふがいなさを感じつつ、私はショッパーに手を伸ばし、取っ手同士を結び付けているリボンを解いた。

中身の立方体のケースにも同色のリボンが掛けられている。同じようにそれを解き、ケースを開けると、なかには一粒石の指輪が入っていた。サイズからしてピンキーリングだ。

「どう？」

「……可愛い」

感想を訊ねられたので、素直に答える。

ゴールドのリングに、上品な一粒ダイヤが乗ったごくごくシンプルなデザインは、私好みのものだ。主張が少ないのに、照明の具合によってキラリと光るのがいい。

「ならよかった。じゃ、着けてみて」

「い、いっくん……中身見るだけって」

着けてしまったら、いよいよ受け取らなければいけない気がする。頼りない口調でそれとなく約束が違うことを示してみるけれど、彼には通じないようだった。

「指輪は填めてこそ真価を発揮するものでしょ？　サイズも確かめたいし、ほら、早く」

「えっ、あのっ」

彼は私の手にそっと触れると、台座のリングを手に取り、私の左手の小指に填めた。

「うん。よく似合ってるよ。サイズも平気そう？」

「……ぴったり、かも」

まるで測ったかのようなジャストサイズで驚いた。彼が私の指輪のサイズなんて知り得るはずがないので訊いてみたら、これは日本人の女性の平均サイズなのだという。万が一合わなくても、直せばいいと思った、と。

小指の付け根で煌めくそれをじっと眺めてみると、なかなかどうして、ずっと前から身に着けているものみたいにしっくり馴染む感じがする。

「本当は左手の薬指に填めるものを選びたかったけど、さすがにそれこそ受け取ってもらえなかっただろうから」

「左手の薬指……」

つまりそれは、婚約指輪ということか。……付き合ってもいないのに？

間違いない。本人の推理通り、全力で突き返していたに違いない。

「だから、深く考えずにもらってよ。さっきも言ったけど、雨音先輩が受け取ってくれないなら、処分するしかないんだ」

「…………」

そう言われると強くは出れない。こんな素敵な指輪を捨てるなんてもったいない。

それに、誕生日プレゼントを用意してくれたという心遣いがうれしかった。今年は誰に対しても、何の期待もしていなかっただけに、余計に。

――ここまで言ってくれてるんだし、受け取ってもいいよね？

「捨てるくらいなら、じゃあ、ありがたく頂きます」

私はぺこりと頭を下げてから、左手の小指を掲げてみせた。

「雨音先輩ならそう言ってくれると思ってた」

「……贈り物を無下にはできないからね」

まんまと彼の思惑にはまってしまった感は否めないけれど、せっかくの贈り物なのだ。大切にさせてもらうことにする。

というか、いくつになっても祝われるのは純粋にうれしい。そろそろ歳を重ねることに対してよろこびよりも焦りを覚える年齢に差し掛かってきたけれど、『おめでとう』という言葉でこんなに気分が弾むなんて、想定外だった。

「前に聞いてたにしても、よく覚えてたよね。誕生日」

小指のピンキーリングはそのままに、立方体のケースを閉じ、ショッパーにしまいながら言う。

「好きな人のことは忘れないから」

「……それは、どうも」

胸を張って言われてしまった。……こういうときの反応の仕方に、本当、困る。

恥ずかしいけど、嫌な気はしない。というか、その潔い物言いに不覚にもドキドキしてしまう。

いっくんは後輩なんだから、ときめいたりしてはいけないのに。

戸惑う私をよそに、彼は少し真面目なトーンでさらに続けた。

「それに、雨音先輩の名前、いかにも六月生まれって感じだったから、印象に残ってて」

雨の音で『雨音』。私が生まれた日も朝からずっと雨が降っていたのが所以だと、母親から教えてもらった。

「昔は嫌いだったな。この名前」

思い出してぽつりと洩らすと、いっくんが意外そうに瞠目する。

「……『雨音』って、私には響きが甘いっていうか、可愛すぎるような気がしてね。女の子女の子してるイメージじゃない？　実際、ストレートに『名前負けしてる』とか『似合わない』って言われることもあったから」

たかが名前、されど名前。一生付き合っていくものだからこそ、思春期の私には深い悩みだった。

十分過ぎるほどの時間の経過があり、今でこそこの名前に対しての悪い感情もだいぶ薄れたけれど、私が派手だったり、凝ったつくりだったりを敬遠して素朴なものを選ぶのは、根底にある『可愛い雰囲気の自分が苦手』という固定観念のせいなのかもしれない。

仲良しの美景にも――というか、誰にもしたことがない話を、どうしていっくんに打ち明けているのか、自分でもわからないけど。

「綺麗な名前で、俺は好きだな。それに似合ってるとも思う」

「似合ってる？　この名前が？」

「雨音先輩って、すべてを包み込んでくれる優しい雨の音そのものって感じ。ほら、耳済ましてみて。……聞こえるでしょ」

言葉の通りに耳を澄ませてみると、朝から一日中降り続いているせいで影を潜めた雨の音が、急に大きくなって聞こえる。

「雨の音をじっと聞いてると、すごく落ち着くんだよね。だから、雨音先輩にぴったりじゃん」

「……そんなこと、初めて言われた」

ひっそりとコンプレックスを感じていた名前を、こんな風に肯定してくれる人は初めてだった。

絶え間なく地面に落ちる雨のやわらかな音を聞きながら呟く。

彼の言葉が率直にうれしい。ずっと心の奥に溜め込んでいた鬱屈としたものが、その一言で霧散したように思えるくらいに。私にとってはありがたい言葉だった。

「いっくんって、面白い人」

可愛い子犬系の後輩かと思いきや、実は鋭いキバを隠し持ったオオカミで。そのくせ、純然とした好意を一途に向けてくれる。

いろんな彼の姿を見ているようで、どれが本当の彼とも言い切れないような――不思議な魅力のある人だ、と思う。

「雨音先輩も俺にとっては十分面白いよ。興味深いって意味で」

いっくんはそう言うと、ビジネスバッグを手に提げ、椅子から立ち上がった。

「とにかく受け取ってもらえてよかった。ありがとう、雨音先輩。俺の用事はこれだけだから。……長くなると変に思われるかもだし、そろそろ戻ったほうがいいよね」

名残惜しいのか、ちょっと残念そうな表情でこちらを見下ろしている。私のことを気遣ってのことらしい。

「わ、私のほうこそ、ありがとう。……その、大事に使わせてもらうから」

恋人ではない異性からもらったアクセサリーというものに、どんな風に感謝するのが正しいのだろう。難しい。せめて誠意が伝わればと、椅子から立ち上がり改めてお礼を言った。

いっくんはそんな私の左手を取り、恭しい笑みを浮かべてこう囁いた。

「今日のところは小指だけど、次は薬指だから心得といて」

まるで騎士が姫君にそうするような所作で、まだ誰からの予約が入る予定もない、がら空きの薬指に、静かに口付けを落とす。

お伽話の騎士さながらに整った顔をした彼にそんなことをされると、恥ずかしさのあまり叫びだしたくなるような衝動に駆られる。

それって、ほとんどプロポーズされてるのと一緒なんですけど……？

「ちょっと待って！　受け取るのは今回だけなんだからねっ」

暗に次も受け取るような話にされてしまってやいないだろうか。慌てて言い返すと、いっくんが声を立てて笑った。

「残念、ごまかせなかったか。……それじゃ、お疲れさまでした」

言葉とは裏腹に満足そうな言葉を残し、いっくんは会議室から出て行った。

「……何なのよ、もう」

彼の足音が聞こえなくなると、私は左手の小指と、テーブルの上に置かれたショッパーとを見比べてため息を吐いた。憂鬱なときに吐き出されるそれとは違い、胸がすくような清々しさが余韻として残る。

何もなく淡々と過ぎていくはずの誕生日に、とんだサプライズプレゼントをもらってしまった。

私は小指の付け根に光る指輪を撫でながら、今しがた見送った送り主の顔を脳裏に描いてみると、心臓が心地よい緊張とともに、とくん、とくんと音を奏でる。

誕生日プレゼントをもらったからってゲンキンだな。と自分自身を戒めつつも、それだけが理由ではないことはわかっていた。

――覚えててくれてありがとう、いっくん。

私は心の中でもう一度彼にお礼を言いながら、快い胸の鼓動に想いを馳せたのだった。

4

暦が七月に変わったある平日の夜、私はとある懐かしい居酒屋の扉を開けた。

引き戸タイプのレトロな木の扉は、かつてより年季を重ねたものの変わっておらず、引手には無数の傷がついている。

経年劣化による軋んだ音を立てながら店内に入ると、季節柄湿気が多くムシムシとした空気がひんやりしたものに変わる。店主の威勢のいい挨拶のあと、学生たちの楽しそうな笑い声があちらこちらの席から聞こえてきた。

「来た来た、雨音、こっち！」

扉の音で気が付いたのだろう。視線の先で美景が大きく手を振っていた。

念願叶って、矢藤グループの飲み会がようやく実現しようとしているのだ。

「お待たせ。今日はセッティングありがとね」

「ううん。全然」

小上がりの座敷に立つ美景の傍に来てお礼を言う。

彼女はいっくんと三人で飲んだ日の帰り道、その勢いで矢藤グループの面々に飲み会の召集メッセージを送ってくれたのだ。すると、ポンポンとテンポよく返信を得ることができ、ネックだった日程調整もスムーズに進んだ。

みんな社会人としての生活に慣れてきたころだろうから、予定を立てやすくなったのもあるのかもしれない。とにかく、まだ集まる機会ができたのはよかった。美景には感謝しなければ。

「お、いっくん久しぶりだね。ってこないだ会ったけど」

美景が私のうしろにいる彼を見つける。すると、いっくんはうれしそうに微笑みながら、

「この間は誘って頂いてありがとうございました」

と、軽く頭を下げた。

「ううん、こっちこそ来てもらえてよかったよ。特に雨音にとっては」

そう言った美景の視線が私に移る。

「……あー、うん。そう、だね」

「何その微妙なテンション、いっくんのおかげで商品企画の仕事に専念できるってよろこんでたじゃない」

私はもう一度「そうだね」と言って笑ってみせた。

美景にはまだ、いっくんとの間に起こった出来事を話していない。

話したところで信用してもらえる自信がなかった。美景は私にとって大学時代に一番仲の良かっ

た友人で、信頼関係もきちんと構築できているという自負があるけれど、それをもってしても理解してもらえるとは思えない。逆に言うと、それだけ私たちのなかでのいっくんの好感度は高いのだ。

……それに、いっくんに迫られてるなんて、同じコミュニティに属している美景にだからこそ言いにくい。

仮に私の言い分を信じてくれたとしても、彼女の性格上、根掘り葉掘り訊いてくるのは目に見えている。私自身の気持ちの整理もまだ不十分なのに、変に揺さぶられたくないというのが本音だ。

美景は座敷の奥に私といっくんを並べて座らせた。掘りごたつになっている石床に足を延ばすと、ストッキング越しにザラザラとした感触がする。

「この店、あのころと変わってなくてうれしかったー。見てよ、メニューもそうなの」

言われるがままテーブルの上のお品書きを開き、右どなりに座るいっくんとともに目を通した。多少のマイナーチェンジはあるものの、メガたこわさびとか、ビッグじゃがいももちとか、ロシアンルーレット餃子とか。この店独自と思われるメニューはほぼ生き残っている。

大学時代、二十歳を過ぎて、飲みに行くと言えばこの店だった。

とにかく安い。そして安い割にはおつまみが美味しい。お酒の質はそれなりだったけれど、あのころは心置きなく酔えて、お喋りできる場所があれば十分だったから、ここに来るのが大好きだった。きっとみんなもそう思っているはずだ。

「他のみんなも今こっちに向かってるって。先にドリンク決めちゃって」

「わかった」

私はノスタルジックな気分に浸りながら、そう返事をした。


「それでは、総合芸術研究会、矢藤グループの再会を祝しまして、かんぱーい」

「お久しぶりでーす」

美景の溌剌とした音頭に合わせて、長机の中心で六つのグラスがかち合った。

一杯目はビールと決めている私と美景はもちろんそれだ。かつてこの店に通い詰めていたときも、ひたすらビールだった。しかもこの店は私たちのような学生客が多いため、他店よりも一杯の価格が安く設定されている。

「うわ、この感じ久々」

一口飲んで眉間に皺を寄せた左どなりの席の美景に、深く頷きを返す。

この店のビールはおそらく発泡酒だろうと、当時から思っていた。最初はお酒自体を飲み慣れていなかったのでわからなかったけれど、飲み会を重ねてビールの味を覚えると違いは明確だ。私たちは、そのチープさにすら愛着があるのだけど。

「――ってか、本田に小沢、それに梨央《りお》ちゃんっ。ずっと会いたかったよー、集まれてほんとよかったー！」

懐かしの味を堪能したあと、美景はテーブルの向こう側の三人へハイテンションに言った。

「これも矢藤がめげずにメッセージ投げてくれたお陰だな」

かつては髪を金に近い茶色に染めピアスをいくつも開けていた本田陽一《よういち》は、髪色を黒に戻し、ピアスの穴もほぼ塞がってしまっているけれど、手元にあるカシスミルクはアルコールが苦手だという彼らしさを裏付けている。

「そうそう。なかなかちゃんとした返事できなくてごめんな。最初の二年は地方にいて、こっちに帰ってこれなかったんだ」

もともと流行に敏感でオシャレだった小沢亮輔《りようすけ》はツーブロックヘアにイメチェンしていた。本田も小沢も大学時代にはほぼ見たことのなかったスーツ姿で、彼らがそれぞれの場所で社会の一員として生活しているのだと再認識させられる。

「梨央ちゃんも卒業後は実家に戻ったんだもんね」

思い出したように美景が訊ねる。

「はい。私は、父親がやってる会社に経理見習いで就職したので」

茶髪のショートカットが元気いっぱいのイメージを抱かせていた一年後輩の坂田《さかた》梨央ちゃんは、すっかり大人の女性になっていた。丈が長めのネイビーのワンピースは、当時パンツスタイルばかりだったこともあって見慣れないけれども、よく似合っている。彼女は今週末にある、大学時代の学科の友人の結婚式に出席するため、有休を取って前乗りしてきてくれたらしい。

かくして、矢藤グループのフルメンバーが集まったことになる。私たちの卒業後は、グループの三分の二が抜けてしまったことから、グループとしての体《てい》を成さなくなり、解散となってしまったのだけど、後輩ふたりが新たに別のグループに移ることはなかった。それくらい仲がよかったのだ。

「いっくんと美景先輩と雨音先輩が三人で会う機会があったから、今日の飲み会が実現したんだって聞いたよ。偉い偉い」

そんな梨央ちゃんが、真向かいに座るいっくんに、まるでペットを褒めるみたいな言い方で笑いかけた。

梨央ちゃんも、いっくんを矢藤グループに勧誘したあの日、終わり間際に本田と小沢がゲットしたメンバーだ。学年が同じな上、ともに経済学部だったふたりは当然ながら仲がいい。しかしいっくんに対する梨央ちゃんの立ち位置は、私や美景のそれとまるで同じだ。いっくんがはにかんだように笑って、口を開く。

「いえ、先輩が雨音先輩と約束してるところに、たまたま呼んでもらった感じで」

いっくんのこの『いい子』然とした喋り方に違和感を抱いているのは私だけなのだろう。

会社からこの店に至る道のりでは、やはり強引モードの彼だった。辛うじて周囲の目というものがあるので必要以上に身構える必要はなかったものの、もし人気のない道でも通ろうものなら無事でいられたかどうか。彼の言葉にニコニコ顔で頷く梨央ちゃんが、それを知ったらどんな反応をするのだろう。

「そうだ。いっくんって雨音先輩の会社で働き始めたって言ってたけど、本当？」

「俺もそれ気になってた」

梨央ちゃんと本田が、私といっくんとを交互に見比べて言った。

「前に、仕事探してないかってメッセージ入ってたけど、それと関係あるの？」

テーブルの上に置いていた自分のスマホを操作しながら、今度は小沢が訊ねる。多分、私から届いたメッセージを辿っているのだろう。私は「うん」と頷く。

「うちの会社の営業が足りなくて、誰か仕事探してないかって訊いて回ってたんだ」

「で、たまたまいっくんも一緒だったときにその話題が出て。ねっ、いっくん」

「はい、ちょうど別の会社も覗いてみたいって考えてたところで、これもご縁かなと思って詳しい話を聞かせて頂くことにしました。そうしたら、すぐ内定を頂けて」

美景がいっくんに投げると、彼は控えめにそう述べた。

——業界の大手を辞めてうちみたいな中小企業へ来てくれた、というエピソードは、飲み会の肴としては盛り上がりそうだと思ったのだけど、その話を突き詰めるのは私にとってよろしくない気がして口を噤んだ。

「じゃあ雨音先輩といっくんって今は同僚なんですね。面白ーい」

「雨音、どうよ。職場でのいっくんは」

私はつい、横目でいっくんの顔を見た。私の視線に気付いた彼は一瞬きょとんとしていたけれど、すぐに目を細めて微笑んだ。

ざっくり「どうよ」と問われても、返答が難しい。

本音を言えば「困っている」だ。安易に彼に自分の会社を勧めてしまったせいで、もしかしたら一生知る機会がなかったかもしれない彼の一面を知ってしまったのだから。

「いっくんは優秀だよ。営業部の上司からの評判もいいし、いろいろと気が付いてくれるから、周りの人も『いい人が入ってくれて助かった』って」

おそらく美景が知りたいのはそういうことなのだろう。私は本音をおくびにも出さず、ビールを呷った。

「さすがだね。いっくんはデキる男だよ〜」

「いえいえ、全然です」

片手を振って謙遜している彼の姿は愛嬌がある。可愛い。でもその可愛さが作られているものだと知っているから、複雑な気分だ。

「やったじゃん、郁弥。昔から櫻井のこと好きだって言ってたもんなー」

そのとき、小沢が満面の笑みで零した一言に、みんなが動きを止めた。

そのリアクションを受けて自分が不用意な発言をしたと悟った彼は、手にしていたレモンサワーのジョッキを置いて慌て出す。

「えっ、あっ、悪い、この情報ってオフィシャルじゃなかったっけ」

「そうかなぁと思ったこともあったけど、初耳だね。マジなの、小沢？」

間髪入れず、美景が目を光らせて訊ねる。小沢はいっくんへと申し訳なさそうな視線をくれながらも、おずおずと頷いた。

「——本田はそれ知ってたよな？」

「俺も知らない」

「マジか」

小沢はショックを受けて絶句した。ばつが悪そうに顔を引きつらせて続ける。

「ごめん、勘違いしてたわ。でもほら、それ五、六年前の情報だし。さすがにもう時効だろ、時効」

取り繕うように「なぁ？」といっくんに呼びかける小沢。するといっくんは、困ったような表情で黙り込んでしまう。

「え……それって……？」

その沈黙の意味に辿り着いた小沢が固まった。

「あー……ってわけなんだけど、櫻井的にはどうなの？　今彼氏いんの？」

助け舟を出したのが本田だ。私と美景がそうであるように、本田と小沢も学科での無二の親友だった。失態をおかした小沢を放ってはおけなかったのだろう。その矛先が今度は私に向いてきた。

「雨音はここ一年くらいフリーなはずだよ。こないだそう言ってたよね？」

私よりも先に、嬉々とした美景に答えられてしまう。嫌な予感をひしひしと感じながら、頷く以外の返事が思いつかない。

「郁弥っていい奴だねってよく俺らも話してたじゃん。彼氏いないなら付き合っちゃえば？」

恐れていた言葉が本田の口から飛び出たところで、美景が大きく二度頷いた。

「それ！　実は私もそう思ってたんだよね～」

「だよな、お似合いっていうかさ」

「いっくんは雨音にめちゃくちゃ懐いてるし、雨音もいっくんとは付き合い長いだけあって、心を許してる節があるしね」

「わかるわそれ。櫻井って包容力あるってか保護者っぽいとこあるから。郁弥とバランス取れてるよな」

当事者たちをよそに、外野のはずの美景と本田が盛り上がっていて焦る。

何だろう、この空気は。

「いっくんはイケメンだし同じ学部の女の子から人気あったんですけど、誰かと付き合ってるって噂聞いたことなかったんです。もしかして、雨音先輩が好きだったからなの？」

そこに梨央ちゃんまでが興味津々に乗っかってきた。話を振られたいっくんが、私をちらりと見遣ってから微かに「うん」と答える。

「やだ、純愛。感動するわ。だって、雨音」

「えっ」

そこで私に振るか。頭の片隅で、いつかの前多さんの言葉がまた蘇る。

『もうさ、須藤くんと付き合っちゃえばいいのに』

またた。またこのパターン。いっくんとはただの先輩と後輩でしかないというのに。いっくんの女の子事情は気に留めていなかったこともあり、初めて知った。だからといって、私の答えは変わらない。むしろ、ちょうどいいじゃないか。みんなの前できっぱりと断れば、いっくんも諦めざるを得ないだろう。

「あの、私——」

「雨音先輩」

私が言いかけたところを、意を決して顔を上げたいっくんが被せてきた。

「あの、付き合ってほしいだなんて図々しいことは言えません。でも、一度でいいので、僕とデートしてもらえませんか？」

勇気を出した直球のお願い。訴える彼の目は真っ直ぐ私を見据えていて、真の姿を知っている私でさえも心打たれるものだったから、私以外のみんなはなおさら信じ込んだに違いない。

「よく言った、郁弥」

「いっくん、カッコいいよ」

ほんのわずかな静寂のあと、本田と美景がいっくんを励まし始めた。すると。

「雨音先輩、いっくんってめちゃめちゃいい子なんです。私が保証します。だから一回だけでもデートしてあげてくれませんか？」

「えっ？」

我が耳を疑う。反射的に梨央ちゃんに訊き返した。

「そうだよ、一回くらいいいじゃん。減るもんじゃないし」

「郁弥のここぞという頼みなんだから、聞いてあげてもいいんじゃないか？」

梨央ちゃんだけではない。美景も本田もいっくんを気遣い、私を説得し始めた。

先手を打たれたのだと気付いたときにはもう遅かった。周りが完全にいっくんの味方モードになってしまっている。

「そんなこと言われても」

「いっくんのこんなに一生懸命な姿を見て、雨音ってば何とも思わないの？」

美景に促され、となりの彼に再び視線を注ぐ。

祈るような、縋るようなその瞳は、まさしく子犬。つい最近も目にした、お得意の表情だ。作為的なものだとしても、それでも愛らしいと思えるなんて。何というオオカミ。

「頼む櫻井、この通り！」

子犬の面を被ったオオカミの懇願を一身に浴び、何も言えないでいると、それまで気まずそうに黙っていた小沢が深く頭を下げ、とどめを刺してきた。

「ちょっと、小沢。やめてよ、何？」

「もとはといえば、俺が口を滑らせたせいだもんな。そんな俺が郁弥にしてやれるのは、お前にお願いすることだけだ。だから頼む！　デートしてくれるだけでいいんだ。な？　それが郁弥の望みだもんな？」

畳みかけるように言った小沢がいっくんに確認をすると、いっくんは「はい」と確かな声で返答した。

「………………」

全方位からの視線が痛い。

私は途方に暮れた。この場では了承する選択肢しか存在しないように思われる。でなければ悪者だとか、人でなし扱いされそうな雰囲気なのだから。

――不本意だけど、もう仕方がない。

「わ、わかった……一回だけなら」

私の言葉を聞き届けると、仲間たちはそれぞれ緊張感を帯びた顔を綻ばせた。

「よかったね、いっくん！　雨音先輩いいって」

「やったじゃん。何とか先につながったな」

まるで自分のことのようによろこぶ梨央ちゃんと本田に、ついつい恨みがましい視線を向けてしまう。

「雨音先輩、ありがとうございます」

いっくんはというと、私の微妙な表情にも臆することなく、弾けるような笑顔でお礼を言った。

それから、

「先輩方や坂田さんも。おかげさまで、デート勝ち取れました」

彼の応援団と化していた周囲の面々に、礼儀正しく頭を下げた。素直すぎるよろこびを受けて、温かい拍手が沸き起こる。その祝福っぷりは、まるで交際が決まったかのようだ。

「いやー、結果オーライってことでよかった！　途中で俺、どうしようかと思った」

「小沢先輩にはすごく感謝してます」

さっきまでとは打って変わってリラックスした表情をしている小沢は、いっくんとテーブルを挟んで握手までしている。

「さーて、丸く収まったところで、みんなグラスの中身が減ってないよ～。久々なんだから、今日はいっぱい盛り上がろうね～」

相変わらずピッチの速い美景は逸早く自身のグラスを空にした。彼女が煽ると、みんなそれに触発されたようにグラスの中身を嚥下する。

私は、肩越しに右どなりの彼の様子を窺った。彼は、周囲がそれぞれのグラスに意識を注いでいることを確認すると、愉快そうな笑み浮かべたあと、ぺろりと舌を出した。今起きたことが、彼によってコントロールされていたのだと示されたようで悔しい。

思いもよらず、デートの約束をしてしまった。気の置けないメンバーとの気楽なはずの飲み会は、波乱の展開でスタートしたのだった。

それでもお互いの近況報告の時間は、賑やかかつ和やかなムードだった。

デザイン事務所で働く本田は、仕事に必要な資格を取得するために業務の傍ら勉強の日々を送っていたり。食品関係の営業をしている小沢は、転勤が多く二年から三年のスパンで違う場所に飛ばされるシステムに戦慄《せんりつ》していたり。父親の会社で働く梨央ちゃんは、他のベテラン従業員との距離感に悩みつつもまったく興味のなかった経理の仕事が面白く感じ始めていたり。各々が大変さを感じていても、前向きに頑張っている様子が窺えた。

会話を重ねるにつれアルコールの消費量も増えていく。お酒に弱い本田が、カシスミルクを二杯飲んだだけで少し眠そうに瞼を擦っている。比較的飲めるクチの小沢はレモンサワーから始まり、ビールを経てウィスキーのハイボールに落ち着いたようだ。

梨央ちゃんと美景はずっと飲んでいられるタイプなので、今はふたりで仲良く赤ワインのデキャンタを分け合っている。

いっくんはというと、私と同じようにスタートからずっとビールを飲んでいた。顔色があまり変わらないから意識していなかったけれど、もう四、五杯は飲んでいる。もうすぐなくなりそうな彼のグラスから視線をスライドさせて、自分の手元を見た。

ビールが並々と注がれているグラスは、まだ二杯目だ。普段の勢いならいっくんと同じくらいの消費量なのだけど、何だか胸の辺りがモヤモヤして、ビールが落ちていかない。

小沢の次の転勤先はどこか――なんて話で大喜利が行われているなか、私はそっと席を立ってトイレに向かった。

トイレは男女共用で、店内の端にある暖簾をくぐった先に、左右に分かれて二ヶ所設置されてある。その場はちょっとした喫煙スペースになっており、左右にある扉の真ん中に二人掛けのベンチと灰皿が設置されている。ここも、昔と何ら変わっていない。

ベンチに腰掛けると、自然と深いため息が出た。

……困ったことになってしまった、いっくんとデートだなんて。

「どうかした？」

頭上から降る声にドキリとして垂れたこうべを上げると、暖簾からいっくんが顔を出し、小さな声で問うてくる。砕けた口調は、そこには他に誰もいないことを示していた。

「――調子悪いの？」

「え？」

「全然飲んでないみたいだから」

どうやら、あまりお酒の進まない私を気にしてくれていたらしい。珍しく少し険しい顔をしているのは、心配してくれているからなのだろうか。

「ううん、大丈夫」

「ならいいけど」

疑わしそうな視線を向けられていたけれど、私のいつも通りの様子を見て納得したようだ。いっくんは私のとなりに空いた一人分のスペースに座った。

「指輪、してくれないの？」

私の手元に視線を落とした彼が残念そうに訊ねる。左右どちらの手にも、先日彼からもらったピンキーリングは填められていない。

「……ファッションリングって、会社に着けていくものじゃないでしょ」

もっともらしい理由を口にしてみたものの、本当は指輪を着けないことで彼の想いに応える気はないとのアピールができると思ったからだったりする。

「そしたら今度のデートで着けてきてよ。さっき先輩たちの前でデートするって約束してくれたよね？」

ところが、ポジティブな彼にはそんな遠回しな主張は通用しないようだ。閃いたとでも言うように提案し、力尽くでもぎ取ったデートの話を持ち出してきた。

「だって……そう答えるしかない状況になっちゃったから。あれ、わざとでしょ」

「わかった？　雨音先輩、俺が何か言う前から断ろうとするんだもん。そしたらオーディエンスを味方につけるしかないよね」

記憶に新しい、誕生日の出来事が頭を掠めた。一度ならず、二度までも。

いたずらがバレたあとの子どもみたいに、あっけらかんと笑ういっくんが憎たらしい。

「あの場だからOKしたけど、デートはできない」

拗ねた口調で私が言う。

「何で？」

「私にその気がないから。それだけ」

仮にも一度交わした約束を反故にするのはよくないことだと理解している。でも、彼の言動から明らかに策略めいたものが見えたのもあり、今回に限っては許されるだろうと思った。

「ふーん」

すると、いっくんはちょっと不機嫌に目を細めた。

「約束守ってくれないと、美景先輩たちに言いつけちゃうよ」

「そんな、ひどい」

酔った彼らにそんな報告をしたら、それこそ石を投げられるに違いない。

「ひどいのは雨音先輩だよ。最初から約束を破ろうとするなんて――決めた」

「あっ、えっ――」

彼は私の手を引くと、左側の個室に私を導いた。その力強い所作に胸がドキドキと高鳴る。

それから腕を摑まれて立たされると、何かを考える隙もなくその個室に押し込められてしまった。

いっくんは後ろ手に鍵を閉めながら、にこりと微笑む。

「ちゃんとデートしてくれるって言ってもらうまで、ここ、どかないことにするから」

「はっ？」

「約束してくれたら、通してあげる。どうする？」

つまり、約束するまでここからは出られないと。そういうことだろうか。

「そんなの無理っ」

私が騒ぐと、いっくんは「シッ」と耳元で囁いた。

「大きな声出すと、誰か来ちゃうかも」

「っ……」

個室にふたりで入っている現場を見られるのはまずい。そのときの彼の振る舞いによっては、あらぬ誤解を生む可能性があるからだ。

本来ならひとりで使用する空間だから、洋式トイレの手前にふたりで立つには窮屈だ。ともすれば身体が触れ合いそうな距離に、心臓が早鐘を打つ。

困り果てていっくんの顔を見つめた。彼は焦りのひとつもない余裕ぶった表情で続ける。

「俺らの帰りが遅いと、先輩たちも心配すると思うんだよね。それに、変に勘繰られたりもすると思う。ふたりでどこかに抜け出したんじゃないか、とかね」

幹事慣れしている美景あたりが、私といっくんの姿が見えないことに気が付くだろう。そして、ちょうど同じ頃合いにいなくなったということも。

「そうなったらもっと面倒くさいんじゃないかな。だったら、サクッとデートをＯＫして、座敷に戻ったほうが平和だよね？」

「…………」

いっくんの言い分はもっともだし、そうすることがベストであるような気持ちになってくる。

でも、ずっと後輩として愛でていた彼とデートだなんて――それまでの私たちの関係が跡形もなく消え去り、急に男女の関係を強いられるようで、抵抗感を覚えてしまう。

「そんなに悩む話かな。そこまで俺とのデートが嫌なの？　結構傷つくんだけど」

頑なにYESと言わない私に、いっくんが苦笑を洩らした。

「ご、ごめん、いっくんが嫌いとか、そういうんじゃなくて」

「だよね。前に雨音先輩のことハグしたとき、心臓の音すごかったもん。あれって、俺のことを男として意識してくれてるからでしょ？」

「それは……」

給湯室で後ろからきつく抱きしめられたときの、いっくんの温もりが思い出されて、再び身体に火が着いたかのように熱くなる。あの意外に筋肉質な腕越しに、私の緊張が伝わってしまっていたとは。

「俺とデートできない理由があるなら教えてよ。それが納得できる内容なら諦めるし」

問いかけに思考を巡らせてみると、明確な回答は浮かんでこなかった。

私がいっくんを恋愛対象外としているのは、彼をサークルで同じグループの仲間というフィルターを通してしか見たことがないからだ。

そこではたと気が付く。誰に言いつけられているわけでもないのに、一度可愛い後輩とカテゴライズされた彼を、恋愛という名のまったく違う括りに移動させてはいけないような気がしているだけなのではないかと。

「……雨音先輩？」

名前を呼ばれて再び目の前の彼に意識を向ける。

「あっ、えっと……」

どうしよう。拒絶する理由がないとわかった途端、余計にこの距離感を恥ずかしいと感じてしまう。座敷で仲間たちと歓談していたときよりも涼やかな表情の彼を見つめるだけで、耳が、顔が、熱い。この空間に冷房が効いていないせいだと思いたいけれど、それだけではないのは明白だった。

「そんな顔されると堪んない」

じれったそうに言ったあと、彼は私の背中に手を回して自身の身体へ引き寄せた。

身に纏っている白いブラウスとベージュのワイドパンツは、蒸し暑いこの時期の通勤着として愛用しているもの。その薄手の生地越しに、いっくんの体温や少し汗ばんだ肌のしっとりした質感が伝わってくる。

「俺もドキドキしてるの、わかる？」

私の右手を取り、自身の左胸へ触れさせるいっくん。彼が言う通り、ワイシャツの上からでも忙しい鼓動を感じる。

いつもふたりきりになると、いっくんには主導権を握られて振り回される一方だと思っていたけれど、どうやら私もこんな風に彼の心を揺り動かしているみたいだ。それが何だか、信じられない。

彼は背中に回していた手を、私の左耳に触れる位置に移動させると、額同士を触れ合わせた。

「……雨音先輩とデートしたい。デートさせて？」

「だからっ……近いっ」

触れ合った場所が熱くて燃え上がりそうだ、と思った。羞恥の熱で焼け焦げ、そこから立ち上った煙でくらくらする。だから、数センチ先の彼の瞳を直視できない。

額から熱が伝播していくみたいに、全身の毛穴から汗が噴き出してきた。じりじりとした熱は思考を乗っ取り、頭がぼんやりとしてくる。

「雨音先輩の匂い……やっぱ好きだわ。甘くて、ずっと嗅いでたい」

額を離していっくんが呟く。これでのぼせ上がったような熱が引くかと思ったのは間違いで、彼は先日のように私の首元にまた顔を埋めてきた。熱の発信源が、今度は彼の唇が触れている左の鎖骨のあたりに変わる。窪んだ場所を舌先でひと撫でされると、吐息に似た声がこぼれ落ちた。あのときと同じだ。

「前も思ったけど、先輩って首弱いんだね」

彼もまた、先日のことを連想したようだった。弱点なのかどうかはわからない。でも、この状況でこんな触れ方をされて、平然としていられるほうが難しいのではないだろうか。

「いいこと教えてもらっちゃった」

「やぁ、っ……」

私が否定しなかったからか、ならば早速、とばかりに、やわらかな皮膚を唇で食んだ。舌の表面でその場所を撫でつけ、ときには先端で突き、ぞくぞくするような刺激を送ってくる。

「いっくん、ダメっ……」

「デートしてくれる?」

この方法なら私が了承するだろうと踏んだいっくんは、掠れた声でそう問いかけながら、首元にキスの雨を降らせる。ちゅっ、ちゅっ、と吸い付いて弾けるような音が響くたびに、また羞恥を煽られる。

彼の両肩を摑んで、毅然とした態度でやめるように促さなければいけない。そんな考えももちろん浮かんではくるけれど、今や彼を拒む正当な理由がないことを自覚している。

普段他人に触れられることのない場所を執拗に責め立てられ、思考に靄がかかっていることもあり、何が正しい判断であるのか、確信が持てなくなっていった。

「わ、かったっ……」

このままでは思考が焼け焦げてしまいそうだった。私は絞り出すような声で言う。

「わかった、からっ……デートするっ……するから、放してっ……」

「本当？」

至極うれしそうな顔で、いっくんが私を見上げてくる。その瞳の奥には、達成感のような、征服感のようなものが浮き出ている。

「ありがとう、雨音先輩」

「んっ……！」

いっくんは感謝の言葉を口にした直後、ブラウスの襟ぐりに近い部分にキスをして、その場所をきつく吸い上げた。同時に、チリっとした痛みが走る。

「約束のしるし。忘れたって言うのはナシだからね」

彼の身体が離れるのと同時に、私は微かな痛みを感じた場所を手のひらで押さえた。そんな風に言うってことは、おそらくその下に痕がついているのだろう。

……いっくんてば、キスマークなんて残さないでよ！

心の中で叫んだとき、いっくんの背後からノックの音が聞こえた。彼は外にいる人物を確認するように扉を薄く空け、外の様子を窺う。

「あっ、いっくん。ここにいたんだ。雨音知らない？」

美景の声だ。思った通り、行方不明になった私を探してくれているようだ。

「雨音先輩ならここにいますよ。ちょっと、調子が悪いみたいで」

さっきまでの不敵な態度はどこへやら。しおらしい声を出したいっくんは、扉を開けて美景を招き入れた。

「えっ、本当？　どしたの、雨音？」

扉を全開にしたことで、慌てた美景の声がクリアに耳に届く。

「あっ、うん……ちょっと、くらくらしてて」

彼女と対峙すると、私は具合が悪そうな声を出して、額に手を当ててみる。

「いつも介抱役の雨音が珍しい。確かに全然飲んでなかったもんね。風邪？」

「ううん、そういうんじゃないんだけど」

「とにかく、無理しちゃダメだよ。そこ座って」

人差し指で差し示したのは、扉の外にあるベンチだった。美景といっくんの後に続いて個室を出ると、さっきまで座っていたその場所に腰を下ろした。

「いっくん、介抱してくれてたんでしょ？　ありがとね」

「いえ」

大学時代もそういった役回りだったからか、それ以外の理由が浮かばないということなのだろう。

美景が神妙な顔でお礼を言うと、突然の来客を難なく切り抜けたオオカミは首を横に振った。

「あとは大丈夫、私がついてるから。いっくんは席戻ってていいよ」

「そうですね……美景先輩にお任せしたほうが安心ですね。わかりました、ありがとうございます」

いっくんは頭を下げ、一足先に座敷へと戻っていく。

その背を視線で追いながら、額に置いた手のひらは、いつの間にか首元に降りてきていた。彼がきつく口付けを残したその場所へ。

「大丈夫、雨音？」

「……大丈夫じゃないかも」

無意識にこぼれた自身の声にハッとした。私は何を思ってその言葉を口にしたのだろう。肌に吸い付く感触が蘇ってはドキドキと心臓が忙しく音を立てているのが、美景の耳にも聞こえてしまうのではないかと頼りなく思う。

「そんなに気分悪いの？　もう一回トイレ行く？」

「あっ、ううん。ごめん、やっぱり大丈夫」

深刻そうに訊ねる美景に、平気だと示すように両手を振った。

「……そう？」

「うん。少し座ったら結構楽になったから」

「ならいいんだけど」

訝しんでいた彼女だけれど、私が普段通りの振る舞いをしていることに安心してくれたようだ。

「ごめんね、心配かけて。みんなに気を遣わせたくないから、美景は先に戻ってて。すぐに行くよ」

「ん、わかった。そうするね」

快く応じてくれた美景が立ち去ると、私はもう一度個室に入った。狭い空間の片隅にある小さな手洗い場にある鏡を覗くためだった。

——やっぱりだ。鎖骨の上、骨の窪みのあたりに赤く楕円状の痕がついている。

『約束のしるし。忘れたって言うのはナシだからね』

耳元で茶目っ気のある彼の声が聞こえた気がした。私はブラウスの襟ぐりを引っ張り、キスマークを無理やり隠した。

そのまままみんなのいる場所へ戻ったけれど、誰とどんな話をしていても、私の意識は常に首元の痕をなぞっていたのだった。

5

休日の早い時間から出かけるのは、実は久しぶりだったりする。

自分自身がインドア派であるのと、平日は仕事で神経をすり減らしている分、土日はできるだけゆっくりしたいのが主な理由だ。もちろん、友人と食事や映画に行くこともあるし、誘われたらなるべく断らないようにしているのだけど、そういうときは午前中にたっぷり睡眠を取り、ブランチを食べて英気を養ったあとだ。

友人のひとりに、普段から気を張り詰めているせいなのではないかと言われ、一理あると思った。もともとキャパシティが狭いので、のんびりとしたひとりの時間を作ることで心身のバランスを取っているのかもしれない。

スマホのメッセージアプリを開くと、いっくんからのメッセージが表示される。

『待ち合わせは十一時ね。雨音先輩を連れていきたい場所があるんだ』

十一時。ランチどきなのでレストランだろうか。服装を決める都合もあって目的地を訊いたけれど、『当日までのお楽しみ』と教えてくれなかった。

言えないのは、まさかいかがわしい場所か……という考えが頭を掠めるけれど、さすがにそんな真似はしないだろうと信じたい。

散々悩んだ結果、訪れるのがどんな場所であっても対応できそうな組み合わせという意図で、黒いパフスリーブのブラウスに、夏らしいペールイエローのワイドパンツ、それとブラウン系のフラットサンダルを合わせることにした。ボトムスのイエローは、普段の私なら敬遠する色だけれど、ショップの店員さんに似合うと勧められて買ってしまったもの。会社に着ていくにはらしくない印象を抱かれそうで、とっておきの日が来るまでクローゼットのなかに眠らせておいたのだ。

トップスのブラウスの形も、曲線を多用しており、仕立ての良いレースが袖口や襟元に施されている可愛らしいイメージのもの。こちらもつい一目惚れして衝動買いしてしまった。普段シンプルイズベストを地で行く私には珍しいコーディネートだ。

なかば無理やり取り付けられたいっくんとのデートにオシャレをしていくなんて、正直悔しい。悔しすぎて、いっそいつも通りのオフィスカジュアルで行こうかとも思ったけど、客観的に見てイケメンの部類に入るいっくんのとなりを歩くならそれなりの格好をしていくのが礼儀なんじゃないか、なんていう言い訳めいた思考で自分自身を納得させた。

左手の小指にはピンキーリング。例の、誕生日に彼からもらったものだ。

これを着けていくかどうかでかなり葛藤したけれど、着けると決めたのはやはりプレゼントしてくれたことへの感謝があったからだ。そして、着けて行ったときの彼の反応が見たいというのもほんの少しだけ……あったりする。

デートの約束は、矢藤グループの飲み会があった週の終わりの日曜日。

その日を迎えて、いっくんが忘れないようにと私の首元に刻んだしるしが、ようやく消えようとしている。夜、お風呂に入るたびにそれが消えていないか確かめることが、まるで彼とのデートまでの日にちを指折り数えているかのようで、やっぱり悔しかった。

コーヒーとパンだけの軽い朝食をとったあと、満を持して選んだ服に袖を通し、ピンキーリングを填めてから、バッグを決めていなかったことに気が付いて焦る。

せっかく全身を綺麗にまとめたのに、バッグが通勤用の使い込んだトートバッグでは残念だ。他に何か合わせられそうなものがなかったか、慌ててクローゼットのなかを漁ってみたところ、及第点をつけられそうな革のショルダーバッグを発見したので、荷物を移し替えてから家を出た。

昨夜、経路検索のアプリで調べ定めた出発時刻から五分も遅れている。相手が誰であったとしても、交通機関の乗り継ぎミスなどに備えて、待ち合わせ場所に十五分前には到着していたい性分なので、駆け足で自宅の最寄り駅まで向かった。

指定されたのは、いっくんが働いていた『マルティーナ・ジャパン』のある、大きなターミナル駅。美景を含めた三人で食事をしたビストロのある駅の、南口だった。

南口には駅前広場があり、大きな噴水をぐるりと囲むようにベンチが並んでいる。何とか自身の決めた待ち合わせ十五分前に到着した私は、まさかいないだろうとは思いつつ、まばらにベンチに座る人たちのなかにその人がいるかどうかを確認することにした。

噴水を一周しそうなころ、見覚えのある人影を見つけた。スマホに目を落としているマッシュショートヘア。俯いているけれど、たぶんきっと、そう。

「いっくん、待った？」

私が声をかけると、その人物はぱっと顔を上げた。やはり彼だ。

「いいね、こういうの」

「え？」

開口一番にどういう意味なのだろう。私が訊ねると、彼は「だって」とにこやかに続ける。

「いかにもデートって感じがするから。長いこと待ってても『待ってない』って答えるまでが、常套句」

「何それ」

おかしくて笑った。無意識のうちに、定型文を発してしまったようだ。

「でも待たせてたらごめんね。私より先とは思ってなくて」

「雨音先輩はいつも時間より早く着いてるから。今日は待たせないようにしようって決めてたんだ」

……そっか。私の普段の行動を気にかけてくれていたからか。

いっくんはこともなげに言うと、手元のスマホをベージュのチノパンのポケットに入れた。

白い無地のTシャツに黒い七分袖のカーディガンとの組み合わせは、それぞれ仕立てがよくシンプルだからこそ洗練されて見える。ワンショルダーのボディバッグと、足元の白系のスニーカーも重たく見えずいい。

大学を卒業してから、私服の彼と会うのは初めてだと気が付く。スーツも似合うけれど、大学時代よりもあか抜けたような印象を受ける私服姿は新鮮だ。

「今日の雨音先輩、すごく可愛い」

私が彼の装いをチェックしていたように、彼も私の全身をなぞるように眺めて言った。

「それに指輪。着けてきてくれたんだ。やっぱりよく似合ってるよ」

左手の小指に光る金色にもちゃんと気が付いてくれたようだ。自身の贈ったものだとわかると、彼は心底うれしそうに目を細めてくれる。その笑顔がとびきり優しくて、胸が甘苦しくなる。

「せ、せっかくだから、会社には身に着けて行けないものを選んだの。指輪も含めて」

ストレートに褒められ慣れていない私は、何と返答していいかわからなかった。自己弁護のような言葉を聞きつけたいっくんが噴き出す。

「そういうときは、素直に『ありがとう』でいいと思う」

「……そっか。ありがと」

「いいえ」

満足げに微笑んだ彼がベンチから立ち上がる。

「あと、俺のためにオシャレしてくれたっていうのもうれしい」

「そういうわけじゃ……」

「でも今日、デートする相手が俺だってわかってて、いつもと違う雰囲気の服を着て、俺がプレゼントした指輪をしてきてくれたんだよね？　それって、つまり俺のためってことでしょ」

「………」

その通りだ。服やアクセサリーを選ぶときにいっくんの顔が脳裏に浮かんだということは、彼のために選んだということに他ならない。たとえその理由が、彼に恥をかかせないためだとか、感謝を伝えるためであったとしても。

肯定すると明らかに好意を寄せているみたいだし、かといって否定するのもむきになっているようでよろしくない。

さて、何と返答するべきか。私は思考をフル回転させて考える。

「じゃ、行こう。ここから歩いて五分くらいなんだ」

私がまだ言葉を発さないうちに、いっくんは大通りに向かって歩き出した。どうやら、特に回答を求めていたわけではないらしい。何だか肩透かしを食らった気分だけれど、それでよかったのかもしれない。

彼について大通りを歩いていく。オフィスが多く立ち並ぶエリアで、平日はサラリーマンで溢れている場所だけれど、日曜日となると客層が変わり、カップルや家族連れが目立つ。

――カップルか。周囲から見たら私といっくんもカップルに見えるのだろうな。歳も近いし。

なんて、いけない。また意識している。私は自然体に振る舞うべく口を開いた。

「気になるなぁ。どこに行くか、そろそろ教えてくれてもいいんじゃない？」

「ここまで内緒にしたんだから、教えたらもったいないよ。っていうか、もう見当ついてるんじゃない？」

「私、この辺あんまり来ないからわからないんだよね。こないだのビストロは、美景が探してきてくれたところだったし」

自分の生活圏内から外れたところには、どんなお店や催しがあるかなんてうといものだ。私の場合、流行りもの好きな美景と行動することが多く、情報収集は彼女に任せきりになってしまっているから、輪をかけてうとい。

「普段来ないかもしれないけど、行きたいって言ってたのは聞いたことあるよ」

「その場所のこと、いっくんと話したことあるんだ」

「場所っていうか内容は。だからここにしたんだ」

もしかして、と思い浮かんだのと同時、数多く立ち並ぶ高層ビル群の一角でいっくんが立ち止まった。目前には、一階部分をガラスの壁で覆われた建物が見えた。ガラス越しに、カフェのような場所で食事を楽しむ人の姿と、売店らしきスペースが見える。

その雰囲気で予感が的中したことがわかった。

「もしかして、美術館？」

この辺りに新しくできたと、雑誌で読んだことがあった。そこにはカフェとミュージアムショップが併設されているのだと。

「そう、正解」

「懐かしい。大学のころはよく一緒に回ってたもんね」

グループの何人かで週末の予定が合わせられそうなとき、いろんな美術館に足を運んだ。都心にあるものはもちろん、首都圏ならば多少足を延ばすことも。

それは遠足に行くときのテンションに似ていて、展示云々よりもみんなでそこに至るまでの旅程を楽しんでいたのかもしれないと、今になって思う。その証拠に、卒業後は趣味同然だったはずの美術館巡りをほぼしなくなっていた。美景の都合が合うときにふたりで行ったこともあるけれど、あのころと同じような楽しさを得ることはできなかったから。

「懐かしいって、最近は行ってないの?」

「うん。美景に誘われたら行くけど、ひとりで行ってもつまらない気がして」

同じ作品を見て、ああでもない、こうでもないと感想を言い合うのが面白いし、醍醐味だと思っていた。せっかく見に行っても、感想を言う相手がいないのは寂しい。

私が首を捻ると、いっくんが朗らかに笑った。

「じゃあちょうどよかった。今日の催しは特に気に入ってもらえると思うな」

自信満々に言った彼が指し示したのは、美術館の入り口に掲げられた特別展の案内板。

『現代アートの若き才能』と題されたこの展覧会は、現代アートを牽引する、ある二十代の日本人アーティストの作品を取り上げているようだ。

「あ、この人……」

「好きだって言ってたよね、雨音先輩」

私はこくりと頷いた。

大学三年生のころ、同じような現代アートにフォーカスを当てた展覧会で、彼の作品に出会い、まるで身体に雷が落ちたような衝撃を受けた。斬新でユニーク、それでいて小難しい理論なんて微塵もない明解な作風が、私には刺さったのだ。

「よく覚えてたね、そんなこと」

「見終わった後、みんなで感想言い合ってるときにすごく興奮してたのをよく覚えてる。だから、印象に残ってたんだ」

「そうだったっけ」

すごく興奮してたと認識されるくらい饒舌に話していたのなら、ちょっと恥ずかしい。

矢藤グループでは、催しを見終わったあとに一人ずつ自分の感想を述べる習慣があった。最初はただ単に、美術館を出たあとにカフェで一息つく理由を作りたかっただけだったのだけど、思いのほか盛り上がったので、恒例となったのだ。

それには変わったルールがあり、誰かが感想を述べているとき、それに対して自分が感じたことがあればその場で口に出していい、というもの。その場にいる全員に常に発言権があるため、話が本筋からずれて散らかったり、まったく別の事柄で論争が起きたりもしたけれど、各人各様の考え方が存在することや、それによって自分の美的感覚を掘り下げることができたので、いい経験になったと思っている。

「チケット買ってあるから、入ろう」

「あっ、うん。ありがとう」

いっくんはボディバッグからチケットを二枚取り出すと、ひらりと揺らして私に見せてくれる。

私はお礼を言い、片方を受け取った。

チケットを提示して展示室のなかへ入ると、想像していたよりもずっと混雑していた。

「この展示、そんなに人気があったんだ。意外」

「日曜だからね。あと、このアーティスト、最近海外で注目されてるみたい」

独り言のような呟きに、彼は律儀に返事をくれた。

「そういうこと」

ただでさえ狭い展示室は、作品の前に人が数人溜まっただけでも流れが悪くなる。人と人との間を縫うようにして移動しなければいけなさそうだ。

美術館に何度訪れてもこれだけは慣れない。順路通りに見ていきたいけど、性格的に人垣を割って入って進むのは苦手だ。腰が引けてしまう。

「先輩、こっち」

するると、いっくんは私の手を取った。ほんの少しの隙間を見つけるとそこへするりと滑り込むように、最初の作品を鑑賞するためのベストなポジションを陣取ってくれる。

「これでちゃんと見られるね」

「……あ、えっと」

『光の肖像』だって。油絵かな」

目的の場所に到達したというのに、私の意識は目の前のキャンバスではなく、その下で結ばれた手に持っていかれてしまった。固くつながれたその手は下心ではなく、私を慮ってのものであると伝わってくる。

……そうか。私が萎縮してしまうのを知っているからだ。

給湯室のときも思ったけれど、可愛らしいイメージの彼にこんな男らしい部分があることに、まだ馴染めていない。違和感、だ。

でもこの違和感が、嫌なものではないということはわかった。ううん。白状してしまえば、違和感が快く、楽しんでいる自分がいる。

意識したら、手のひらから伝わる熱のことばかりを考えてしまいそうになる。意外に大きな手のひら。触れ合う指先はすらりとしていて長い。れっきとした、大人の男の人の手だ。

「い……いっくんのくせに、こんなことするんだ」

照れ隠しにいつもの軽口を叩く。じゃないと、恥ずかしさでいてもたってもいられなくなってしまいそうだった。そんな私の言葉を受けて、彼が笑う。

「『可愛くていい子』は卒業したからね。でも、見やすいでしょ？」

「うん」

「ルートの確保は俺に任せて。雨音先輩は作品を見るのに集中して」

「……ありがと」

――胸の奥がくすぐったい。こんな気持ちはいつぐらいぶりだろう。

この感覚の正体を知っている。けれど、言葉にして認識することを避けた。好意を告げられ、甘い台詞を囁かれて、優しくされて。多少なりとも心が揺れてしまうのは当たり前だ。でもそれは、一時的なものに過ぎず、ただの錯覚であるかもしれないのに。

私は不確かな感情を抱えながら、彼と手をつないだまま展示室を回ったのだった。

「アイスコーヒーとミートドリア。雨音先輩は？」

「私も同じもので」

たっぷり時間をかけて展示を見終えた私たちは、その足で建物の正面にある、ガラス張りのカフェスペースで休憩することにした。時刻は十三時過ぎ。ちょっと遅めの昼食をとろうとメニューを捲ってみたけれど、場所柄かドリンクが中心でフードは悩むほどの種類はなかった。

オーダーを終えると私たちは店内奥の二人掛けの席に座った。角にあるその席は、二面をガラスの壁に囲まれているので少し落ち着かないけれど、五分もすれば慣れるだろう。

……鑑賞中、彼の手が、まるで常に触れ合っているのが自然であるように馴染んだのと同じで。

「どうだった、楽しめた？」

足元にある荷物を入れるカゴに自身のボディバッグを入れ、その上に私のショルダーバッグを重ねるように乗せてくれながら、いっくんが訊ねた。

「うん、えっとね――」

「あ、ちょっとストップ」

よくぞ訊いてくれたとばかりにテーブルに身を乗り出して口を開いたとき、彼が閃いた様子で早口に言う。

「せっかくだから、いつものやろう。グループでやってたやつ」

件の、感想を言い合う時間のことを示しているのだろう。

「いいよ。久しぶりでワクワクする」

いい提案だと思った私は快く頷いた。もはや芸術鑑賞といえば、この時間までがワンセットな気さえする。

「雨音先輩、先いいよ。話したくてうずうずしてるって感じだね」

「何でわかるの？」

「昔何度も一緒に回ったから、顔見てればわかるよ」

ズバリ当てられてしまった。顔を見てわかるくらいの高揚感を醸し出しているようだ。

……真正面からのフルスマイルが眩しい。そんな、慈しむような視線を向けられると、上手く話せなくなってしまいそうで緊張する。

「じゃ、じゃあ、私から。……全体的に、作品の意図が明確なものが多くて、すごく興味深かったかな。特に、最後の展示室にあった女の子の絵がよかった。ああいうリアルなタッチで社会風刺的要素が入ってるのが好きなんだよね。すぐに本題に辿り着けるようなものが」

辿った順路を思い出しながらぽつぽつと話すと、いっくんも頷きながら前傾する。

「あの絵ね。俺も面白いなと思ったよ。訴えてる内容もわかりやすいし。ただ、俺の好みからは外れるかな。エログロ要素が入ってくると、少し身構える」

「確かに、そういうの苦手って言ってたよね。私は人間の本能に直結してる部分だと感じるから、取り繕わないでむき出しにしてる描写には惹かれるけど」

当時もそうだったけれど、こうして感想を言い合うときは反対意見も遠慮なく発言していいことになっている。当然ながら相手そのものを否定するのはNGだけど、ディスカッションの範疇であれば会話を膨らませることができるから。

「逆に、いっくんがよかったと思うものは？」

私が訊ねると、彼は逡巡する間をとってから言った。

「俺は、二つ目の展示室にあった、何もない空間に吊られた窓枠だけある……みたいな、想像の余地を残した作品がいいと思った。きっとアーティスト本人には確固たる意図があるんだろうけど、見てる側の想像力が掻き立てられるのが面白いと思わない？　何をそこに当てはめても、見る人の自由、みたいな」

「なるほどね。うーん、でも私はそういう、『見る人の判断に委ねます』みたいなのって難しいって思っちゃうんだよね」

話しながら、昔の記憶が頭を過った。私の苦手とする抽象画も、彼は「何がイメージできるかな」と言いながら、しばらくその絵の前で立ち止まって見ていたことを。きっとそれを考える時間を楽しむタイプなのだ。

「ほら、映画とかのラストシーンでもあるじゃない。ハッピーエンドなのかバッドエンドなのか各々で解釈する、みたいな。それに似てる気がして」

「そのほうが自分の好きに解釈できてよくない？　自分の理想の展開を思い描けばいいから」

「えーそうかな。そこはある程度道筋を示してもらったほうが——」

否定的な言葉の応酬でも、私たちの間に流れる空気は決して悪くなかった。むしろ、言葉の端々に笑いがこぼれるような、和気あいあいとした雰囲気。言葉だけを拾えば、互いの好みを押し付け合っているように聞こえてしまうかもしれないけれど、物事の考え方や捉え方を披露し合っている感覚だ。

懐かしさが私たちをお喋りにさせたのか、テーブルにミートドリアが届いたあとも心に残った作品についてさらに感想を述べたり、脱線したり、また感想に戻ったりした。

『いい子』を演じていないいっくんと、こんなに長く一緒にいたのは初めてで、まだ言葉遣いや雰囲気には慣れないものの、思い出話や作品に対する嗜好など、私のよく知る彼を思わせるフレーズが聞けてうれしい。考えれば当たり前のことなのだけど、『いい子』のいっくんと、デートを迫ってきたいっくんが、ようやく私のなかでひとつに重なりつつあった。

そうして、冷めかけたドリアにやっと手を付けながら、私が訊ねる。

「そういえば、いっくんのほうは卒業したあと美術館巡りって続けてた？」

「全然。一回も行ってない」

「えっ、そうなの」

純粋に驚いた。私をこの催しに誘ってくれたのは、何となく、彼がいろいろな展覧会を巡っていて、今回の展示の情報を得たからだと思っていた。

「俺が住んでるマンションから前の勤め先までの間にこの美術館があって。今回の展覧会については半年くらい前から予告されてたから、朝晩それを眺めながら雨音先輩のことを思い出してたんだ。もしもう一度会うことがあるなら、先輩と行きたいなって」

そのとき、店員が食後にと頼んだアイスコーヒーをふたつ運んでくる。話が弾み過ぎていっこうに食べ終わる気配のない私たちに痺れを切らしたのだろうか。いっくんも同じことを思ったようで、苦笑を浮かべた。添えられたストローの包み紙を破きながら、彼が続ける。

「雨音先輩の好みの『可愛い系』は、自分から積極的に誘うタイプじゃないと思ったんだ。大学を卒業してからも何だかんだ集まる機会はあるかと思いきや、なかなか実現しなくて、本当は焦ってた。いっそ、らしくないとしても自分から連絡しようかって考え始めたとき、美景先輩から誘ってもらえてよかったよ。そこで営業を探してる話も聞けて、やっとチャンスが回ってきたと思えてうれしかった」

「だから、『マルティーナ・ジャパン』をやめてうちに来たってこと……？」

ストローを差し、その先を咥えながらいっくんが頷く。

「ちょっとやりすぎかとも考えたけど、『可愛い系』を演じていくことを踏まえると、先輩と距離を詰める方法がそれしか思いつかなかったんだよね」

「どうして私のためにそこまでするの？」

いっくんが自覚しているみたいに、目的が私と仲良くなるためだとしたら、本人の言う通りやりすぎだろう。私のために職場まで変えるなんて。

「……………」

いっくんは少しの間考える素振りを見せると、軽くグラスを持ち上げもう一度ストローの先を咥えた。喉が大きく上下する。

「大学生活が楽しいものになったのは、雨音先輩のおかげだったから、かな」

コトン、とグラスを置く音が響いた。

「実は大学受験に失敗して、あの大学は滑り止めだったんだ。第一志望に合格するものだと信じてたから、ショックだった。周りには悟られないように平静を装ってたんだけど、精神状態は結構ギリギリで。ヤケになる一歩手前だったかもしれない」

そう言った彼は小さく嘆息して、真剣な瞳で私を見つめた。

「今でもはっきり覚えてるよ。新入生ガイダンスの日、心がささくれたまま帰ろうとしてた。そのとき、必死にサークル勧誘してくる女の先輩がいた。こっちが何を訊いてるわけでもないのに、一生懸命ひとりで喋ってて」

「……ご、ごめん」

身に覚えがあったので、すぐに謝る。

「何度も言ってるかもだけど、あのときは一年生が欲しくて必死だったから……」

「知ってる」

慌てて弁解する私の顔を見て、いっくんが笑った。

「でもそのおかげで、声をかけてもらえた。美術館なんて興味ないし、最初はちょっとだけ顔出してフェードアウトすればいいやと思ってた。でも、雨音先輩が顔を合わせるたびに声をかけてくれて、いろんな展覧会に誘ってくれて……参加していくうちに、面白くなっていったんだ。絵を見るのも、グループの人たちと交流するのも。そしたら、だんだん大学に通うことが楽しくなった」

いっくんのそんな話を初めて聞いた。最初のころ、彼が警戒しているように映ったのは、失意を周囲に悟られないようにするために、気を張り詰めていたからかもしれない。

と同時に、自分が思いもよらぬうちに彼の大学生活のアシストをしていたと知ってびっくりした。彼の想いが根深いのは、そのためだったというのだろうか。

いっくんは微笑みながらこちらへ右手を伸ばした。

そして、私がミートドリアの器に添えていた左手の上に重ねた。その小指には、彼からの想いがこもった金色のピンキーリングが煌めいている。

「だから雨音先輩は俺の恩人であり、憧れの人」

直前までアイスコーヒーのグラスに触れていた手のひらは冷たいはずなのに、彼が優しい笑みとともにこぼした台詞のせいで、触れ合う手だけではなく、身体中が発熱したときみたいに熱くなる。

胸の奥を優しく締め付けるような、切ない感覚が身体を貫く。彼が客観的に見てカッコいいのは知っていたし、間近で眺めるたびに私もそう思っていたけれど——今のこの瞬間ほど惹き込まれたことはなかった。

茶色がかった大きい瞳。私だけを真っ直ぐ見つめている瞳。その綺麗な目から視線を逸らすことができない。このままずっと見つめていられそうだ。

実際、私たちはしばらくの間、言葉もなく見つめ合っていた。

◆
◇
◆

「今日はすごく楽しかった。ありがとう、雨音先輩」

スタイリッシュな赤一面の扉を開けて店から出ると、開口一番にいっくんが言った。

「私のほうこそ楽しかった。このお店も、美味しかったし」

言いながら、出たばかりの店を手で示す。

美術館に併設されているカフェを出たのは十六時過ぎだった。あの落ち着かない場所で、よくそんなに長居できたものだと自分でも呆れてしまうけれど、いっくんとは話が尽きず、永遠に話していられそうな感覚に陥った。

だから、「早めの夕食を一緒に」と誘われたときも二つ返事で了承したのだ。もうデートの本題は済んだわけだし、そのまま帰ることもできたのだけど、私は彼と一緒にいることを選んだ。そうすれば、もっと楽しい気分になれる、と。

場所はこの辺りに詳しい彼に選んでもらった。当日飛び込みでも入れる美味しいお店と聞いて向かったのは、黒い屋根に白い壁、そして赤い扉のイタリアンレストラン。洗練された外観を見て期待した通り、料理は何を食べても美味しかった。

いっくんが「ここはクラフトビールがあるよ」と教えてくれたので、うれしくなって少し飲み過ぎてしまったかもしれない。

時刻は二十時半。今日が土曜ならもう一軒行ける時間帯だけど、生憎の日曜。明日の仕事に備えてそろそろ帰る時間だ。どちらともなく駅の方向に向かって歩き出しているのは、お互いがそういう認識だからなのだろう。

解散が名残惜しいだなんて、昨日の私は想像だにしなかった。こんなに楽しい時間を過ごせたのは予想外だ。

「ずっと気になってたんだけど」

歩くペースは、店にやってきたときよりもかなりゆっくりだ。おもむろにいっくんが言った。

「何？」

「雨音先輩、この一年はフリーって話だったよね？」

何でそんなことを知っているのかと訊きそうになった瞬間、矢藤グループ飲みでのワンシーンを思い出した。美景がわざわざ暴露していたっけ。

「てことは、裏を返せば一年前は彼氏がいたわけでしょ。それが妬ける」

「……そんな、過ぎたことを言われても」

私は口を尖らせて言い、小さく笑った。

「雨音先輩は恋愛よりもサークル活動が大事って、現役のときに公言してたじゃない。それがあったから、勇気が出なかったのもあるんだよね。先輩が恋愛にも気持ちを向け始めたときに告白しようって決めてたのに、俺の知らない誰かと付き合ってたっていうのが、面白くないというか」

「二十七歳にもなれば、男の人と付き合うこともあるよ」

私だって恋愛にまったく興味がないわけじゃない。素敵だなと思う人がいれば好意を抱くことだってあるし、その気持ちが通じたら当然、付き合うって展開があっていい。この歳なら結婚に至っていてもおかしくないのに。

「どんなヤツ？」

「どんなヤツ、かぁ……」

職場の前多さんから紹介してもらった二歳年上の男性。友達から始めて、ふたりで会って三回目のときに付き合うことになった。

彼と恋人同士がすることを一通り経験したくらいで、あちらから急に別れを告げられた。他に好きな人ができたから、が理由。多分、半年も保たなかったと思う。始まりから終わりまで、あっという間の恋だった。

「そんなこと訊いてどうするの」

頭のなかに浮かんだかつての恋人の顔を打ち消しつつ窘めた。

「雨音先輩を恋人にできたってソイツがどれだけいい男なのか、気になるじゃん。俺と似たようなタイプなのか、まったく違うのか、とか」

「私のことをそんないい女みたいに持ち上げてるのが、そもそもおかしい」

笑い飛ばしながら、今しがた頭のスクリーンから追い出した彼は、目の前の彼とはまったく違うタイプだったな、と、ぼんやり思う。

取り立ててイケメンなどではなかったけれど清潔感はあって、あまり冗談は言わない寡黙な人。特徴という特徴を思い出そうとして、そういうワードしか浮かばないような——平凡という言葉がしっくりと填まる人だ。そう、私と同じように。

「いい女だよ」

すると、そんな思考を断ち切るくらいのはっきりした声音でいっくんが言った。

大通りに出て、駅へ続く道をずっと歩いてきた私たち。気が付けば、駅の眩いくらいの白い明かりがすぐそこに迫っていた。いっくんとふたり、駅の入り口にある大きな柱の前で立ち止まると、彼が私と向き合い、改めて口を開く。

「雨音先輩は俺にとって誰よりも素敵な女性。それは大学時代も今も変わらない。先輩も今は昔と違って、男と付き合うこともあるって言ったよね。……こんな最大のチャンス逃せないから、言うね」

いっくんは小さく息を吸い込んだあと、意を決したように言った。

「俺と付き合おう」

真っ直ぐに響く彼の声は、いつになく緊張していた。だからそれが揶揄や冗談ではないとすぐにわかった。真剣そのものの声音。私と彼の間に流れる空気が、ぴんと張り詰めたものに変わる。

「……………」

いっくんからの好意は十二分に受け取っていたし、私をデートに誘ってくれたのも根底に付き合いたい気持ちがあるからではないか、と予測していた部分がある。なので驚かなかった。

驚いたのは私自身の心境の変化だ。

彼とは一回デートをして終わりにするつもりだった。だけどどうだろう。いざデートをしてふたりの時間を過ごしたら、彼の告白への回答に迷っている自分がいる。

もう私のなかで、いっくんは『可愛い後輩』ではなくなってしまった。新しくカテゴライズするとしたら、それは——

言葉を紡げないでいる私を、いっくんが抱き寄せる。いつかも感じた、ヘアワックスの香りが鼻をくすぐる。

「絶対、大事にするから」

甘い囁きが落ちた瞬間、身体ごと心臓になったのではと勘違いするくらい、ドキドキしていた。

駅前の、誰に見られてもおかしくないような場所でハグされているからではない。誰かが見ていたとしても気にならなかった。それくらい、いっくんに抱きしめられている今で頭がいっぱいになっている。

これ以上、自分の気持ちに蓋をし続けるのは不可能だった。

もう自分をごまかせない。私は、いっくんのことが好きなのかもしれない。

彼と話しているときや、こうして抱きしめられているときの高揚感は、恋をしているときのものに似ている。私は今、いっくんに恋をしている……？

ゆらりと彼の顔が近づく。重なろうとする唇を、今回は拒まなかった。

二回目だというのに、温かくて柔らかいこの感触に心が安らぐ感じがするのは、彼に対する感情が大きく変わったせいだろう。

啄むような優しいキスのあと、彼がまた囁いた。

「やっぱり帰したくない。もっと一緒にいたい」

私の答えを待ついっくんの縋るような眼差しが、いつもの、か弱い子犬を連想させる。

使い分けてくるとはずる賢い。でも……私も同じ気持ちだった。

まだ帰りたくない。いっくんと一緒にいたい。

私は胸に甘く駆け抜けていくものを感じながら、小さく頷いた。

6

駅の周辺にいっくんの自宅があるというので、お邪魔することにした。

待ち合わせをした南口とは逆の北口には、住宅街の広がる一帯がある。そのなかにある大きな公園に隣接しているマンションの一室が、彼の家だという。

外観を見てびっくりした。公園のすぐ横ということもあり豊かな緑に囲まれた建物は五階建てで、ラグジュアリーで風格のある面構え。いわゆる高級マンションの部類に入る物件なのではないだろうか。

部屋に辿り着くまでの間も驚きの連続だった。ロビーにはコンシェルジュの姿があり、その先のエレベーターホールにつながる道には絶えず水の流れるオブジェが見え、淡い光を放っている。

突き当たりのエレベーターホールにはエレベーターが四基も設置されていた。奥行きのある建物ではあるけれど、四基も必要なほどの戸数はなさそうなのに。

彼の部屋は三階の、エレベーターから出てすぐの場所。ホテルのような内廊下は、床が絨毯張りで靴底が軽く沈み込む感じがする。温かな間接照明が、より上質な雰囲気を作り上げていた。

「いっくんって何者なの？」

部屋の扉にスマホを翳すいっくんに訊ねた。

……最近のマンションは、スマホで鍵をかけたり開けたりできるらしい。そういえば、エントランスのセキュリティもスマホで通過していたっけ。

「何者って？」

「こんなすごいマンションに住んで。私たちくらいの歳で普通に住めるわけないじゃない」

「普通だよ。サラリーマン」

「……何か怪しい副業してるとか」

人に隠しているような。なんて、つい疑わしい視線を送ってしまった。

「そう見えるなら心外だな。上がって」

声を立てて笑う彼の言い分に納得がいかないながらも、促されて部屋に上がった。

明かりをつけ、細長い廊下の先を進むと、ダイニングとリビングのスペースに辿り着く。こざっぱりした室内はきちんと整理整頓されており、几帳面さが窺えた。脇に見える対面式のキッチンも同様だ。

「きちんとしてて偉いね」

「掃除は嫌いじゃないからね。最低限のことしかしてないけど」

物珍しさから室内を見回す私の手を引き、廊下を玄関のほうへ戻っていく。そして、一番外扉に近い位置にある部屋に案内された。シーリングライトに照らされたのは、彼の寝室。パッと見て目に入るのはベッドと本棚くらいのもので、他の部屋と同様にきちんと片付けられている。

「暑い？」

「そうかも」

部屋のなかは過ごしやすい温度なのに、私は既に緊張で少し汗をかいていた。いっくんがエアコンのリモコンを操作する間に、気を紛らわせるため本棚を眺めた。ビジネス書と小説の文庫本が多いみたいだけど、意外と美術系の本も置いてある。

――あ、あの画集。サークル活動で行った地方の美術館で買ったものだったような。

「雨音先輩」

本棚に収納された背表紙のタイトルを追っていると、苦笑気味のいっくんに名前を呼ばれる。

「あ、ごめん」

家主に断りもなく、初めて訪れた部屋のなかをじろじろと見回すのは行儀が悪い。わかっていても、ついつい好奇心を抑えられなかった。

「そうじゃなくて。……こっち見て」

謝る私に小さく首を横に振り、いっくんは両手で私の両頬を包むように触れる。固定された視線の先には、ちょっといじわるに笑う彼の顔が見えた。

「俺がもっと一緒にいたいって言った意味、ちゃんと伝わってるよね？」

「……うん」

低いトーンでの問いが耳をくすぐると、私の身体は、駅前で彼の告白を受けたときを思い出し、熱を保ち始める。私は控えめに、でもしっかりと頷いた。

いっくんがどんなつもりでそう言ったか。いい大人なのだから、その言葉の意味がわからないはずがない。理解したうえで受け入れることにした。だから彼の部屋を訪れたのだ。

「よかった。……うれしい」

安堵して瞳を細めると、いっくんは私の背中に腕を回して抱きしめた。それから、やや私の顔を仰がせて、口付けを落とす。一度。二度。触れて離れるたびにその感触が恋しくなって、たまらず繰り返してしまう。

「先輩、真っ赤な顔して可愛い」

次第に離れる時間すら惜しくなっていると、唇を重ねたままの彼の舌先が割り込んでくる。下唇をなぞるように舐めたあと、歯列を割って私の舌を探る動きは、艶めかしく官能的。表面のざらざらした感触がもたらす切ない刺激に耐えようと、思わず背が撓った。

「キス、気持ちいい？」

思う存分私の口腔を味わったあと、鼻先を触れ合わせながらいっくんが訊ねた。

「んっ……いっくんのくせにっ……」

生意気。そこまでが言葉にならず、呼吸を荒らげるだけに留まる。この陶酔する様を見ていれば、答えを聞くまでもないというのに。

「前の彼氏よりも気持ちいいなら、俺は満足なんだけど」

「な、何言ってるの」

嫉妬心からか、存在だけを知っているかつての恋人を引き合いに出すいっくんに困惑してしまう。

吐息で交わす会話を打ち切るみたいに、彼がまた唇を求めてくる。

「ふぁ、んっ……」

「……答えてくれないとやめちゃうかもよ」

言葉にして聞きたいのか、私が恥じらう様子を見たいのかはわからない。その両方なのかもしれない。深く唇を重ねたと思ったら、舌先同士を触れ合わせ、遊ぶようにちろちろと動かしてくる。何かを期待させるみたいな微弱な刺激は、理性を少しずつだけれど確実に溶かしてくる。それは、飴玉を舐めるときに似ていた。

「……気持ちいい」

私は蚊の鳴くような声で答えた。圧倒的に経験の少ない私でも、彼のキスが上手だということはわかる。

唇と唇とを触れ合わせる行為が、こんなに甘やかでときめくものだなんて知らなかった。あくまで愛情を伝えるプロセスのひとつで、そこに快感や高揚感を求めたりはしなかったから。少なくとも、私が元カレと交わしたキスはそういうものだった。

「もっとしよっか。気持ちいいキス」

私の言葉を聞き届けると、彼は私の後頭部を支えて、噛みつくように唇を重ねてくる。これまでよりももっと深い位置で重なる舌が、歯の裏や口蓋を無遠慮に侵していく。唾液をまとったぬるぬるとした感触が堪らない。

「はぁっ……子犬みたいに可愛かったいっくんが、こんなすごいキス、するなんてやだっ……」

頭のなかまで縦横無尽に舐め尽くされた気分だ。解放されると、上手く呼吸ができなかった私は胸を大きく上下させ、恨み言みたいな軽口をこぼした。

「じゃれてるんだと思ってもらえれば。子犬が」

「子犬がこんなにキスが上手いわけないじゃないっ」

息ひとつ乱していないいっくんの余裕っぷりに腹が立つ。どう考えてもじゃれるの領域を超えている。ちょっと怒った口調で言うと、彼はおかしそうに笑った。

「でも俺が主人に忠実な子犬だって言うのは、あながち間違ってないよ。雨音先輩の犬みたいなものだから」

私の手を取ったいっくんは、甲に口付けを落とした。ちゅ、という優しい音色を奏でた唇は、さっきまで激しく口のなかを弄っていたのと同じとは思えない。

「雨音先輩のことだけ見てたから。ずっとね」

「いっくん……」

そんな真摯な台詞とともに見つめたあと、

「こっち来て」

と言いながら、彼は私をベッドに導いた。ホテルライクな白いシーツとカバーに覆われたその場所に、そっと押し倒される。まるで壊れ物を扱うみたいに、丁寧な所作で。

「夢にまで見たアングル。ずっとこうしたかった」

いっくんが感慨深げに呟いたあと、私に覆い被さるようにベッドマットに手を付いた。その直後、目元に、頰に、キスが落ちてくる。

「――やっと雨音先輩が俺のものになるんだ」

ブラウスに手をかけて脱がされそうになったとき、私は「あっ」と小さく声を上げた。

「どうしたの？」

「あ、で、電気っ……消してほしいなって」

こういうとき、必ず明かりを消すものなのだと思っていた。誰に訊ねるわけにもいかない内容なので、確かめたことはないけれど。ところが。

「ダメ」

いっくんにあっさりと却下されてしまった。

「どうして」

「電気消したら、雨音先輩の可愛い姿が見えないじゃん」

「みっ、見せるものじゃないしっ」

「見たいに決まってる。それどころか俺、余すところなく全部覚えていたいから」

煌々とした明かりの下、ブラウスと一緒にキャミソールも脱がされ、ブラウンのブラジャーが露わになる。装飾らしいものが何ひとつないそれは、よく言えばシンプル、悪く言えば地味な印象を与える。

「ごめん……色気のない下着で」

男性はレースがついていたり、光沢のある生地のものが好きなイメージだから、私は申し訳なさを感じて謝った。

「別に気にしないよ。俺が興味あるのは、そこに隠れてるほう」

「あっ……」

気を遣っている風でもなく、本当にそう思っているのだろう。いっくんの手がブラジャーに伸びた。ふたつの胸の膨らみを覆うカップを上側にずらし、胸の中心を露わにさせる。

「綺麗な胸。先輩って着やせするんだ」

「やっ、恥ずかしいっ……」

カップのサイズはアルファベットの四番目。あまりぴったりしたラインが出る服を着ないから、自分でも意識したことはないけれど、『意外と胸大きいね』とは、美景と旅行をしたときにも言われた。

胸を見られている。言葉をもってそれを伝えられると、強い羞恥が湧き上がってくる。反射的に

両手で胸元を隠そうとするけれど、

「ダメだよ」

と制止をかけられてしまった。胸を覆うはずだった私の両手は行き場をなくし、元通り体側に下ろすしかない。

「触るね」

少し汗ばんだ膨らみに、いっくんの大きな手のひらが吸い付くように触れた。緊張のあまり思わず息を呑む。

「――怖がらないで。もっとリラックスして」

それを聞き逃さなかったいっくんが優しく声をかけてくれる。緊張を遠ざけるために、私は目を閉じることにした。

胸の上で揺蕩う手のひらは、最初は慎重な動きだったけれど、そのうちに感触を確かめ、捏ねるようなそれに変わっていく。

「雨音先輩のおっぱい、柔らかくて気持ちいい」

「……は、恥ずかしいから、言葉にしないで」

「だって本当のことだから。……ね、目開けて俺のこと見て?」

「ダメ、無理」

大人の女性として一通りの経験は済ましてきたはずなのに、私にとって異性とのスキンシップが非日常であることは変わらない。情けないけれど、こうして目を閉じてされるがままになっているのが精一杯だ。

「今から恥ずかしがってどうするの。もっと恥ずかしいことしようとしてるのに」

「んっ……！」

右胸の先に、まったく違う類の刺激が走る。もっと直接的で粘着質な、つい嬌声がこぼれ落ちてしまうような刺激。反射的に目を開けると、いっくんは胸に顔を埋め、その頂を咥えていた。

「いい声だね。もっと聞きたいな」

好感触を得たとばかりに、いっくんは咥えた頂に軽く歯を立てた。

「ぁ、あっ！」

「へぇ、おっぱい噛まれるの好きなんだ。じゃあ、たくさんしてあげるね」

宣言通り、頂を甘噛みし、舌先で転がし、時折吸い付いたりもした。並行して、左胸の頂は指先で摘まれ、押しつぶされ、柔く捏ね回される。そのたびに、じわじわと滲み出てくる快感が、お腹の下のほうに蓄積されていった。

「先っぽ、ぷくって膨れて硬くなってきたよ」

私の身体に訪れる変化を指先や舌先で直接感じ取っているいっくんは、一度顔を上げると、主張し始めたその場所を揶揄する。

「はぁっ……そんなに噛まないで……変な気持ちになる、からっ……」

「変にしてるんだよ。気持ちよすぎて変になった雨音先輩が見たいんだ」

膨らみを捏ねていた片手が、脇腹やお臍を経由してワイドパンツのウエスト部分に降りていく。器用にボタンを外し、躊躇いなくジッパーを下げた。チィッと鼠が鳴いたみたいな音がする。

「こっちも脱がしちゃうよ。早く弄ってほしいでしょ」

ワイドパンツを取り払われたあと、「ここ」と強調しながら恥丘を撫でた。

「ぁうっ……」

普段誰かが触れることなど絶対にない場所。だから、無防備なその部分に触れられると、無意識に腰が震えてしまう。

「あれ？　……もしかして」

そのとき、いっくんが何かに気付いた声を上げた。そしてまた、いじわるな微笑みを浮かべる。

「雨音先輩。……ここ、染みができちゃってる」

再び『ここ』と口にして、ブラとお揃いの、ブラウンのショーツに覆われた場所を撫でられる。

「う、そ」

「嘘じゃないよ。そう思うなら見てみれば？」

「やだっ……できるわけっ……」

自分の痴態を自身の目で確認するだなんて、無理に決まっている。かぶりを振ると、いっくんは私の太腿を優しく撫でながら、指先をショーツの縁にスライドさせて言った。

「見られないなら、見なくてもわかるようにしてあげる」

「ぁあんっ！」

滑り込んできた彼の指先が秘裂を撫でると、私の身体は大きく跳ねた。それはほんの一瞬だったけれど、二本の指が確実に敏感な粘膜を掻き分ける。

「……これ見ても、嘘って言える？」

視界に入るようにと、二本の指を私の顔の近くまで持ってきて、見せつけてくる。人差し指と中指。彼の長い指は、透明で粘着質な液体を纏っていた。それ特有の甘酸っぱい匂いが鼻を掠める。

「俺の愛撫で感じてくれてるってことだよね」

いっくんは上機嫌でそう言うと、立てた二本の指に舌を這わせた。根元から先端にかけて、私の昂ぶりのしるしを舐めとるように、ゆっくりと。

「な、舐めっ……」

その姿を目にすると、たった今、それが溢れた場所がきゅんと疼いた。彼が舐めているのは自身の指なのに、ショーツに包まれたままのそこを舐められているような、変な錯覚を覚える。

「美味しいよ。雨音先輩の。甘くて、濃い味がする」

「ちょっ、待って——あっ」

それでスイッチが入ってしまったのか、呼吸の荒くなったいっくんは、私の両膝を抱えて割り開いた。両膝の隙間から見える彼の顔は、明らかに興奮を帯びていた。

「もっと舐めていい？　舐めたい……雨音先輩の、濃い匂いがするところ……」

彼はそう言うと、私の下腹部に顔を埋めた。まさしく子犬がそうするように鼻を鳴らしたあと、ショーツの中心部分に舌を押し当てるように舐め始めた。

ともあろうか、

「ダメっ、何してっ……んんっ……！」

「言ったでしょ、俺は雨音先輩に従順な犬だって。先輩のこと、舐めて気持ちよくしたい」

「待っ、あんっ……！」

彼のほうも先ほどの会話を思い出していたらしく、いたずらっぽく言った。

強い力で押さえつけられていると、身動きが取れない。一方で、自由自在に形を変える舌が、滑りをまとった生地越しに秘裂へ触れる。強烈かつ直接的な刺激は、あっという間に私の思考を奪っていった。

何これ。何これ――何も考えられないっ……！

「そんなところっ……舐めるとこじゃないっ……！」

「前の彼氏は舐めてくれなかった？」

両脚の間で訊ねるいっくんに、私は素直に頷く。

「ずいぶん面白みのないセックスしてたんだね」

「別に、そんな風に思ったことはないけど」

「なら、セックスは好き？」

「……それは」

率直な問いに、すぐに答えを出すことができなかった。

スキンシップと同様に、彼とのセックスは淡白だった。

キスをして、身体をまさぐられて、彼自身が挿入《はい》ってきて——そのまま彼が果てて、終わる。気持ちよくないわけではないけれど、没頭するほどでもない、というのが感想だ。はじめからそういうものだと思っているから、不満を抱いたことなど一度もない。

それを好きかと訊かれると……よくわからない。

「心配しなくていいよ。俺が好きにさせてみせるから」

自信に満ちた様子で言うと、いっくんは唇を寄せている熱いところに、丹念に唾液を塗していく。秘裂に触れている部分を何度も何度も舌でなぞり、私の内側から溢れ出たものとともに塗り広げると、そこには小さなぬかるみが現れた。

「この辺かな」

すると、いっくんは舌先を尖らせ、ぬかるみの上から何かを探すみたいに抉り始める。それはやがてすぐに見つかった。秘裂の上側にあるほんの小さな突起。それを濡れた下着越しに優しく擦られる。

「あぁぁっ！」

激しい快感が身体を貫いた。その瞬間だけでは終わらず、いっくんが舌先でその場所を突いたり、布地の上から吸い立てたりするたびに何度も同じ感覚が訪れる。

「腰がひくついてるよ、雨音先輩。これ、気に入ってくれた？」

「ぁ、それ、すごっ――ん、はぁっ……」

お腹の下に力を入れていないと、どこか戻れない場所に連れていかれそうだった。得も言われぬ刺激に耐えながら、私はだんだんと会話をすることが困難になっていく。

「先輩の一番気持ちいいところ、硬くなって下着の上からでも勃ってるのがわかるね。やらしいな」

いじわるな言葉で煽りながら、彼はびしょびしょになったショーツをずり下ろした。

「――そんなやらしい先輩の恥ずかしい場所、食べちゃうね」

「んんんっ……！」

ショーツを脱がされ剝き出しになった秘裂を、いっくんの舌が往復する。

ほんの薄い布一枚でも、あるのとないのでは全然違った。例えば熱。何の隔たりもない今、彼の舌や唇の熱さをダイレクトに感じることができる。

そして羞恥。私の人生において、この秘められた場所をこんなに近くで見られたのは初めてであるように思う。私自身も知らない茂みの奥をいっくんが覗いている。それだけで気が狂わんばかりに恥ずかしく、それでいて堪らなく下腹部が疼いた。

「入り口のところ、ぱくぱくしてるよ。何でだと思う？」

「し、知らないっ……」

舌先を硬くし、探られれば探られるほど意識は下肢に集中する。頼りない所作で首を横に振ってみるけれど、私は何となく答えに辿り着いている。

いっくんに見られて、触れられて、気持ちいいと思ってるんだ。

同時に期待している。このまま彼の愛撫に身を委ねていれば、これまでの私が出会うことのなかった強い快楽を得られるんじゃないかって。

「それにとろとろしたのがいっぱい溢れてくる。すごいよ、舐めても舐めても湧き出てくるんだから」

彼が顔を埋めている場所がどうしようもなく濡れそぼっていることに、自分でも驚きを禁じ得なかった。今まで身体がこんな反応を示したことなんてなかったはずだ。なかなか濡れずに痛い思いをすることだってあったくらいなのに。

……まるで自分の身体じゃないみたい。いっくんの愛撫によって、敏感で感じやすい身体に作り変えられているのではないかという変な妄想まで繰り出すくらいに。

「こんなに濡らしまくってるくせに、セックスが好きじゃないんだ？」

「ぁ、うっ……」

私の愛液で汚してしまった口元を拭う姿が視界に入り、否定できるはずもなかった。この短い時間で従順すぎるくらいの反応を示してしまっているのは、彼のその所作を見れば明らかだ。

「もしかして、先輩はイったこともないのかな」

「…………」

黙り込んだのが答えだった。彼もそれを察したようで、くっと喉を震わせて笑う。

「そっか。じゃ、ちょうどいいからイかせてあげるよ」

いっくんは易々と言ってのけると、剝き出しの入り口に指を二本宛がい、そっと突き入れた。つぷ、と微かな音を立てながら、奥へ奥へと向かって挿入っていく。

「これだけぬるぬるなら痛くないよね」

「う、うん……ぁあ、そこっ……!?」

指の腹が上を向く角度で、二本の指を揃えて鉤型に曲げられると、ちょうどお腹の内側の壁に当たる。彼は指先を挿れたり出したりしながら執拗にそこを擦ってきた。指先が壁に当たるたびに、目の前がチカチカするような快感が下肢全体を支配する。

「ここが、雨音先輩の膣内《なか》の感じるところ」

「やぁっ――ダメ、ダメっ……!」

私は叫びに近い声を上げ、その鋭い刺激から逃れようとするけれど、どこか愉しむような視線を向ける彼が許してくれない。

「ダメ、じゃなくて気持ちいい、だよ。身体のほうが素直だね」

「あぁ、やめ、てっ……おかしくなっちゃうからっ……!」

「おかしくならないとイけないよ。今度は、こっちと一緒に弄ってあげるね」

入り口に差し込んだ指を動かしながら、いっくんはまた私の下腹部に顔を埋めた。そのまま、さきほどまでそうしていたみたいに、彼が一番気持ちいい場所と呼んでいた突起を唇で咥え、吸い上げた。

「やぁああっ……！」

ちゅっと軽く啄んだだけなのに、まるで身体中に電流が走ったみたいだ、と思う。身体の内側と外側、気持ちいい場所を二ヶ所も同時に責め立てられて、頭に白い靄がかかったときのようにぼんやりした。それから、私ってこんなに艶っぽい声を出せるんだと感じるほどの嬌声が、急に遠のいて——

「〜〜っ……！」

一際強い快感が頭のてっぺんからつま先までを貫いたとき、私は音にならない悲鳴を上げた。皮膚感覚だけが研ぎ澄まされ、両足の先をぴんと伸ばしながらその悦びを享受する。

「ちゃんとイけたね。先輩、可愛いよ」

「あっ……！」

少しの間のあと、弛緩した内腿に軽くキスを落とされてぶるりと震えた。強烈な快楽を得て鋭敏になった身体は、こんな些細なスキンシップをも刺激と捉えたらしい。過剰な反応を示す私を見つめながら、彼が揚々と口を開く。

「イった瞬間、きゅうって膣内が締まったからすぐにわかったよ。それでもまだ、好きじゃない？」

「ひぅっ！」

「セックスが」と言葉で示しながら、秘裂からとめどなく滴る快感の蜜を舐め上げ、彼が続ける。

「――これから、確かめてみようか」

興奮の収まりきらない身体は、さらなる期待を抱かせる台詞にぞくぞくと震える。私は誘い込まれるように頷きを返したのだった。

部屋のシーリングライトが、ベッドの上で上体を起こす私といっくんの一糸まとわぬ姿を照らしている。

「雨音先輩、何でずっと俯いてるの？」

「だって、それは……目のやり場に困るから」

彼が最後の一枚を取り払ったあと、私は彼のほうを見れなくなってしまった。その理由に気が付いているくせに、いっくんは反応を楽しむみたいにわざと訊ねてくる。

いつか居酒屋で予感した通りの、筋肉質で引き締まった上半身を目の当たりにするのだってドキドキするのに、もっと下のほう、女性の私にとって親しみのない領域へ視線を向ける勇気などなかった。

「雨音先輩って本当に恥ずかしがり屋だよね。男としてはそのほうがうれしいけど」

無邪気に言いながら、いっくんがうしろから抱き着いてきた。お互い生まれたままの姿であるから、遮るものが何もない。無防備な背中から彼の体温が直接伝わってくる。

「そ、そうなの？」

「うん。好きな人の恥ずかしがってる顔って可愛いじゃん。少なくとも、俺はそう」

「ふぁっ……」

前に回した両手のそれぞれが、私の胸の膨らみを持ち上げるように触れる。私は小さく声を上げた。やわやわと揉みしだきながら、親指と人差し指で頂を摘み上げる。

「先っぽ、さっきからずっと勃ったまんまだよ」

「い、いっくんがそうやって弄るからじゃない」

「弄る前からそうだったけどな。俺とのセックス、楽しみにしてくれてるってこと？」

「あんっ、ぐりぐり押しつぶさないでっ……！」

摘む指先にきゅっと力を込められると、そこと下腹部とがつながっているみたいに甘く切ない感覚が走る。しばらく感触を楽しんでから、彼はゆっくりと左手を私の下腹部に降ろしてくる。

「やっぱり。弄ってないのにもう大洪水」

「っ……！」

いっくんの言う通り、私のそこは依然として淫らな蜜を溢れさせていた。まるで、これから迎え入れるだろう指よりも大きな質量に備えているかのように。

秘肉を掻き分け、わざとくちゅくちゅとした水音を立てるなんて、いっくんのくせに本当、生意気。

「か……からかって私の反応見て、楽しまないでよ」

「そう見える？」

淡々とした問いのすぐあとに、硬く熱を保ったものが私の臀部に押し付けられる。

「っ……」

その正体が、彼の剛直であるとすぐに思い至る。

「結構我慢してるんだけどな。早く雨音先輩の膣内に挿入りたいって疼いてるのに」

「……んっ、それ、当たってるっ」

「雨音先輩にわかってほしくて。俺が余裕ないってこと」

ぐいぐいと腰を突き出されると、そのたびに切っ先がお尻をノックしてくる。零れた先走りで濡れた場所がほんの少しだけ冷たい。

触れているだけでわかる。彼自身を悦ばせたわけではないのに、こんなに猛々しく反り返っているなんて。私に愛撫を施して、その痴態を見て昂ぶりを示したのだ。

「先輩ってばえっちだね。またびしょびしょに濡らして……俺の手、ふやけちゃうよ？」

私がいっくんの理性を奪い、昂らせていると意識したら、また下腹部が甘く切なく疼いた。奥からどろりとした粘性の高い欲望が、溢れ出して止まらない。

「仕方ないな。俺ので擦ってあげる」

その場で両手を付くように促され、四つん這いの姿勢になる。後ろから重なる形で覆いかぶさってきたいっくんは、私の腰を摑んで引き寄せると、秘裂をなぞるように熱い切っ先を宛がい、ゆっくりと往復させる。

「んっ、ぁあっ……」

「すご……ぬるぬるで気持ちいい……」

蜜をまとった切っ先は、秘裂の隙間にフィットしながらその上を滑っていく。入り口の襞や、敏感な突起を掠めるたびに、いやらしい吐息がこぼれる。抑えたいのに、抑えられない。

「このまま挿入っちゃいそうだね」

むしろ、早くそうしてほしいと思っていた。一回高みへ導かれた身体は、さらなる快楽を待ちわびている。その瞬間は、彼が自分の膣内に挿入ってくるときなのだろう、という漠然とした思いがあったから。

けれど、期待に反し、秘裂を滑る逞しいものはなかなかその肉を分け入ってはこなかった。ひたすらにぬかるみのある場所を往復するだけに留まっている。

「はぁっ……くぅ、んっ……」

じれったさで無意識のうちにほんの少し腰を落としたり、揺らしたりしてみるけれど、悦びのときはまだ訪れない。

「挿れてほしいの？」

気付いているはずのいっくんが、耳元でわざとらしく訊ねる。

「膣内に欲しくてたまらないんだよね。それならおねだりしてほしいな。『挿れて』って」

「そんなのっ……」

恥ずかしくてできない。いやいやをするように首を横に振ると、彼は自身を挿入するどころか、前後の動きすらぴたりと止めてしまう。

「……なん、で」

「雨音先輩の口から聞きたいんだよ。挿れてほしいなら、そう言葉にしてくれなきゃ」

表情の見えない体勢だけど、口調でわかる。いっくんは絶対愉しんでいる。私の身体の火照りは決定的な刺激を得なければ鎮まらないだろう。そう踏んだから、口にしたら逃げ出したくなるようなフレーズを要求してくるのだ。

「ね、いいの？　動かなくても……このままシャワー浴びる？」

「っ……いじわる、しないでっ……」

追い立てるだけ追い立てておいて、もし放り出されてしまったら、どうしたらいいかわからない。今の私が思いつく最善の方法は、これしかない。

「……ぃ、れてっ……」

耳を澄ましていないと聞こえないくらいの微かな声が、やっとのことで吐き出せた。

「もう一回、どこに何が欲しいかはっきり言葉にして教えて？」

「ぁ、うっ……」

「これ、欲しいんでしょ？」

今度は彼が剛直を揺らして誇示した。きちんと音にしないと応じてくれないなんて、可愛い顔してとんだサディストだ。粘膜同士の触れ合う場所からぽたぽたと垂れた滴が、白いシーツに染みを作ってしまっている。私の身体から吐き出されたものかもしれないし、彼のかもしれない。

——もう限界。挿れてほしい。挿れて、この狂おしいまでの昂ぶりを鎮めてほしい。

「挿れてっ……膣内に、いっくんのを挿れてほしいっ……」

結局のところ、本能には逆らえない。意を決した私は、はしたなく懇願してしまった。

「……偉いね、よく言えました」

いっくんの声は少し上ずっていて、もしかしたら私のおねだりを耳にした興奮を隠し切れなかったのかもしれない。

「可愛いよ、雨音先輩。本当は、俺のほうがもう耐えられなさそうだったんだ——いっぱい感じて」

「あぁっ……！」

言うが早いか、入り口に硬く張り詰めた彼自身を突き立てられる。そこはもうぐじゅぐじゅに熟れ切っていて、彼の先端を易々と呑み込んでいく。

待ちわびた質量。待ちわびた刺激。私は歓喜の声を上げながらそれを迎え入れる。滑りをまとった彼自身は、イメージよりもずっとスムーズに沈んでいく。

「全部挿入るよ……くっ……！」

いっくんは内壁を抉るように腰を押し付け、切っ先で最奥を叩いた。

……今、私はいっくんとつながっている。ほんの数ヶ月前にはまったくこうなるだろうと予想していなかった彼と、セックスしてしまっているんだ。

「先輩、もう動いて平気？　つらくない？」

「う、うん——平気」

久しぶりの行為だし、少しくらいは痛みを伴うかと思いきや、そんなことはないようだ。

膣内のいっくんは、まるで刀を鞘に納めたときのようにしっくりと馴染み、違和感がなかった。

「なら、よかった」

安堵した吐息交じりの声が聞こえると、ゆっくりと律動が始まる。

最初は遠慮がちだった動きは、すぐに奥を抉るような腰つきに変わった。入り口で、膣内で、擦れるたびに頭のなかが『気持ちいい』で支配されていく。

「雨音先輩の膣内……すごくいいよ」

「ん、はぁっ、それダメぇっ……」

腰を抱えていた手の片方が、私の胸を鷲掴みにした。昂ぶりにより感度の増した頂を指で摘ままれ、擦り潰される。

どうしよう、またおかしくなっちゃう……！

「本当に『ダメ』って思ってる？　俺のこと、美味しそうに咥えておいて」

胸の先にも膣内に絶えず送り込まれる甘やかな感覚。それを煽るように、いっくんが囁く。

「ここからだとよく見えるよ。雨音先輩の大事なところが、俺のを口いっぱいに頬張ってる。もっともっとって、せがんでるみたいにさ」

「っ……言っちゃやだっ……！」

淫らに濡れて熱を保っているその場所を。彼自身を受け入れて悦びに浸っているその場所を。見られている。言葉で示され、私の身体はさらに高みに上昇する。

「こうやって言葉でいじめられるの、感じるんだ。覚えておくね」

「ぁ、あぁっ……」

いっくんはそう言うと、身体をつなげたまま私の身体を反転させ、仰向けにさせた。正常位の態勢になると、彼の可愛らしい顔がよく見える。

彼は汗の滴るその顔を笑みに染めながら、私の膝を折り、抱えた。

「……一緒に気持ちよくなろう」

体勢が変われば、奥で触れ合う場所や角度も変わる。さっきと違うところを擦られて、もうこれ以上は堪えられないと思った。快感が飽和している。

「いっくん、やぁっ……怖いっ……！」

「大丈夫、怖くないよ」

今まで経験したことのない激しい快楽の波が私を掻っ攫って行こうとする。シーツの上で震える私の指先に、いっくんのそれが重なる。

無我夢中でその手に縋った。どこか遠い、知らない場所へ飛ばされてしまいそうな感覚。彼がしっかりと握り返してくれるお陰で、まだ正気を保てている。

「雨音先輩……」

「ぁ、あ、はぁっ……！　いっくんっ……！」

どちらともなく唇を重ね、顔の角度を変えて貪るようなキスをする。そうすることでより厚みのある悦楽を得られることがわかっていたからなのかもしれない。

唇と、手と、身体の中心で、彼と深くつながり合う。どこもかしこもとろとろで、このままひとつに溶け合ってしまいそうだ。

「先輩、もうっ……！」

離れた唇が、切羽詰まった声音で極点に達しそうなことを告げる。

既に言葉を発することすらできなくなっていた私は、切なげに表情を歪ませる彼を見つめながら頷くのが精一杯だった。

これ以上速くはならないと思っていたのに、それを合図にして律動の間隔が狭くなる。

「っ……!!」

「ふぁあああっ……!!」

頭のなかでぱちん、と何かが割れる音がした。甘やかな恍惚が身体の芯を駆け抜ける。

と同時に、膣内から引き抜かれたいっくんの逞しいものから迸りが放たれた。適温のシャワーをかけたときみたいに、お腹の上が温かい。

「はぁっ……はぁっ……はぁっ……」

恍惚の余韻はしばらく続いた。その間、夢心地のぼーっとした頭で、浅い呼吸を繰り返すことに専念していた。多分いっくんもそうだったのだろうと思う。彼も頭上で同じ状態だったから。

「――いっぱい汚して、ごめん」

ふと我に返ったかのように言うと、いっくんはベッドのフレームのほうへ手を伸ばし、そこに置いていたティッシュの箱から二、三枚を引き出して私の腹部を拭ってくれる。

「……ぁ、ありがと」

「うわ、べたべた」

用意した分では拭き切れなかったので、もう一度同じくらいの枚数を手に取り、丁寧に清めてくれた。

「こんなにいっぱい出たの、初めてかも」

「っ……どう反応したらいいの……？」

天真爛漫にそんなことを言われても、何て返事をしていいのかわからない。困って訊ねると、彼はおかしそうに笑い「確かに」と答えた。

いっくんは丸めたティッシュをベッド下にあるゴミ箱に捨ててから、私を大事そうに抱き寄せ、肩口に顔を埋めた。

「俺……今すっごく幸せ」

囁くような微かな声だけれど、はっきりと聞こえた。

「いっくん……」

「誰よりも雨音先輩の傍にいる。そう思うと、どうしようもなく幸せなんだ」

さっきまでいじわるだった彼の、急に甘えたような所作が可愛く思えて、私は彼の頭をそっと撫でた。

いっくんの体温に心地よさを感じて癒されている自分に気が付き、きっと私も同じ気持ちなのだろうと思う。いっくんと触れ合うことで気持ちが満たされて――幸せを感じている。

『私も』

そう伝えようとしたけれど、彼と違って自分の気持ちをストレートにぶつけることに慣れていない私にとっては恥ずかしさが先立ってしまって、音にすることはできなかった。

「……先輩、もうこのまま泊まっていきなよ」

「え、でも明日会社だし――」

「ここのほうが会社に近いじゃん。それに、夜遅い時間に出歩いたら危ないし」

「もうそんな時間？」

ベッドのフレームには、ティッシュの箱と並んでデジタル時計が置いてある。二十二時十三分。

遅いといえば遅いけれど、躊躇するほどの時間ではない気がする。

私が首を捻ると、いっくんはふっと笑って顔を上げた。

「――なんて、もっともらしいこと言って、本当はただ雨音先輩と一緒にいたいだけなんだけどね」

真っ直ぐと淀みなく好意を伝えてくれる彼が眩しい。自分がシャイなほうであると自覚しているから、なおそう思うのかもしれない。

心の無防備な部分をきゅっと摑まれ、彼の笑顔を見つめてしまう。

「何？」

「……そういうこと、よくサラッと言えるなぁと」

「何それ、褒められてるの？　貶されてるの？」

「もちろん褒めてるんだよ」

私が慌てて言うと、「本当かな」と疑うような視線をくれながら、彼は私の眦にキスを落とした。

「今まで散々様子を窺って、遠回りしたから、その分を取り戻していかないと。……で、どうする？泊まる？」

着替えや化粧品もない、当然、通勤バッグもない。予定外の外泊だ。普段の私なら迷わず帰宅しているはずなのに、答えられないでいるのは、このまま帰るのが惜しいから。私もまだいっくんと一緒にいたい、と思っているからだ。

明日のことは些細な問題に過ぎない。それよりも、一緒にいるこの時間を大切にしたい。

「やっぱり泊まってもいいかな？」

一瞬目を瞠ったところを見るに、彼にとっては意外な回答だったのかもしれない。

「もちろん」

そう頷く彼の顔はとてもうれしそうで、胸が甘く疼いた。

いっくんは可愛い。でもそれは、彼がこれまでに作り上げたキャラクターに対してではなく、素の彼と向き合うことで抱いた素直な感想だ。

──私、自分が思っている以上に、いっくんに惹かれているみたいだ。

「シャワー浴びよう。バスルームはこっち」

「うん」

差し出された手をそっと取ると、優しく導いてくれるいっくん。

自分のなかでどんどん大きくなっていく彼の存在を感じながら、バスルームへと向かったのだった。

7

「――せんぱい、雨音先輩」

「ん……」

「雨音先輩ってば。そろそろ時間だよ。起きて」

優しく囁きかける声が耳に心地いい。私は、この声の主をよく知っている。

起きなきゃ……でも、まだまどろんでいたいかも……。

「雨音先輩」

何度目かの呼びかけが、頭のなかでやけに大きく響いた。返事をする代わりに目を開けると、そこには眉を下げて私の顔を覗き込む、イケメンの姿があった。

「……いっくん」

「おはよう、雨音先輩」

彼はそう言って笑いかけると、そっと私の額に口付ける。

「よく眠ってたね。全然起きないから心配になったよ」

「ご、ごめん……」

「無理ないか。昨夜は疲れさせちゃったもんね」

からかうような台詞に、顔が一気に熱くなるのを感じる。

あのあと、ふたりでシャワーを浴びてから、彼に付き添ってもらいコンビニに行った。目的は下着とお泊り用の小分けになっている化粧品を買うためだったのだけど、彼は近くの棚の下段にある、メタリックなパッケージに入った衛生用品を手に取っていた。つまり、端的に表現してしまえば、避妊具。

『必要なものだから、買って行こう』

なんて、あの無邪気な笑顔で言われたら抗えなかった。

というか、最初の行為で着けなかったのは、持ち合わせがなかっただけであり、イレギュラーであったことが汲み取れたのはむしろ好印象だった。そういうものに対する考え方がきちんとしている人であるとわかったような気がしたからだ。

当然ながら、使う予定があるから購入したわけで。いっくんの部屋に戻ったあとは、服を脱がされ、ほぼこのベッドの上で過ごした。途中で記憶が途切れているから、おそらく寝落ちしてしまったのだろうと思う。

彼を置き去りにして寝てしまったのは申し訳なかったけれど、あの状況では仕方ないだろう。積年の想いがそうさせたのだろうけれど、いっくんは果てても果てても何度も私を求めてきた。

最後のほうはわけもわからず喘がされていて、気持ちいいけどつらい、でも気持ちいい——という、快感と苦痛が表裏一体になった複雑な状態に陥って……本当、参った。

「身体はだるくない？」

「うん、平気だよ」

「それならよかった」

私に無理をさせているという自覚はあるらしく、気遣ってくれるのはうれしい。実際、普段と違う動きをしたせいで筋肉痛があるだけで、体調は何ら問題ない。けど。

「……雨音先輩」

「あっ、待って——」

シーツを被ったまま、首筋に唇を這わせてきたと思ったら、いっくんは鎖骨を下って右胸の頂を咥えた。

「ダメだよ、家に帰る時間なくなっちゃう。出社前に着替えようと思ったから早起きしたのに」

ベッドのフレームに置いてあるデジタル時計に視線を向けると、六時一分を示していた。ここから自宅の最寄り駅までは一時間。自宅の最寄り駅から会社の最寄りの駅までは同じく一時間。今から支度して帰れば、九時の出社に間に合う計算だ。

「昨日の服でも大丈夫じゃないかな。うちから直接行くならたっぷり時間に余裕あるよ」

「でもっ、いつもの感じと違うしっ……ぁあっ……」

昨夜のうちに、赤く色付くほどたっぷり愛撫された頂を口に含まれ、舌で舐め転がされると、それだけで声が我慢できなくなる。

自意識過剰なのかもしれないけれど、普段のテイストと違う服を着て行ったら、変に思われないだろうか。それこそ、デートでどこかに泊まったあとじゃないか、と勘繰られたり……とか。勘が妙に鋭い人というのは存在するものだし。

「大丈夫、『可愛い服着てるな』くらいしか思わないって。それに」

私の不安を読んだかのように、彼が笑い飛ばした。そして、いたずらっぽい瞳で私を見つめる。

「昨日買ったやつ、まだ残ってるからさ。使わなきゃ」

「もうっ……」

反論を諦めたのを始まりの合図と受け取ったいっくんは、胸の尖りを甘噛みしながら、反対の手でもう片側の膨らみを揉みしだく。与えられた刺激に対して従順に反応してしまうこの身体は、昨夜の悦楽のひとときを思い出して戦慄《おのの》いた。

「会社に着いたら一旦離れなきゃいけないんだし、ふたりでいるときくらいは俺のことだけ考えてほしいな」

どこまでも率直な台詞は、聞いているほうが照れてしまう。

きっと私は、昨日の服を着て、この部屋から会社に行くことになるのだろう。

この状況をどこか楽しいと思えるのが不思議だった。奔放ないっくんに振り回されている自分が嫌いじゃない。……悔しいから、本人には言ってあげないけど。

そんな思考は、彼の奪うような口付けによって中断された。煽情的な音を立て、貪欲に口腔を犯される。

私は、一晩で何回遭遇したかもわからない、悦びと言う名の濁流に呑み込まれていったのだった。

◆◇◆

「櫻井ちゃーん」

十二時が過ぎた。周囲の人たちがランチ休憩に出た頃合いに、前多さんが私のデスクへとやってくる。そして、手にしていたお弁当箱のケースを掲げてみせる。

「今日、持ってきてる？」

「あっ、はい」

「じゃ、一緒に食べよ」

「是非」

この会社では昼食を持参する人は少なく、私と前多さんしかいないようだ。だから、仕事が詰まっていない限り昼食は彼女ととることが多い。

図面や本などが無造作に置いてあるデスクの上を片付けている間に、前多さんが私のとなりのデスクの椅子を引き寄せてそこに座った。綺麗になったデスクの上に、朝コンビニで買ったおにぎりをふたつ置いた。

「え、それだけ？　ていうか今日はコンビニなんだ。珍しい」

彼女もケースからお弁当箱を出してデスクに置きながら、そう訊ねる。

「ちょっと、時間がなくて」

普段はお弁当派の私。今朝は結局、出社に間に合うギリギリの時間まで求められたから、昼食は会社近くのコンビニで購入した。おにぎりの具は梅と鮭。それらが食べたかったわけではなく、ゆっくりラベルを読む時間もなかったので手近にあるものを取った感じだ。

「そうなんだ」

前多さんは相槌を打つと、私の顔をまじまじと見つめた。

「違ったらごめん。もしかして櫻井ちゃん、今日男の家から来た？」

「っ！」

鋭い問いに、私は一瞬言葉を忘れた。慌ててオフィスのなかを見回してみる。

幸い、私たちしかいないようで安心した。自分自身を宥めるみたいに、ひとつ咳払いをする。

「……な、何でそんなこと」

「動揺しすぎ。そうですって言ってるみたいなものだよ」

うろたえる私の様子を見て、前多さんはおかしそうに笑った。

「で、ですよね」

いなすこともできず、馬鹿正直に答えてしまうとはふがいない。私は小さくため息を吐いた。

「このおにぎりでわかったんですか？　それとも、やっぱり洋服ですかね」

言いながら、襟ぐりを摘まんで見せる。形の可愛いブラウスに、鮮やかな色味のワイドパンツ。さすがにピンキーリングは意味ありげかとバッグのポケットに忍ばせているものの、身に着けている服は隠しようがない。普段彩りの少ない衣服が多いために、悪目立ちしたのかと。

「それもあるけど、一番は雰囲気かな」

「雰囲気」

わかるような、わからないような。

オウム返しをする私に頷きを返しつつ、前多さんが涼しい顔でお弁当箱の前で小さく手を合わせ、蓋を開けた。

早朝の私に伝えたい。やっぱり、鋭い人はいた。しかもこんなに近くに。

「それよりも私が訊きたいのはその先。相手はどんな人なの？」

「どんな人って……」

おにぎりのフィルムを剥がしながら、無意識に営業部の島のほうへと視線を向けてしまう。

「まさかと思うけど、須藤くん？」

鋭い人はどこまでも鋭かった。というより、私が単純すぎるのかもしれない。

いっくんとは出勤時間をずらして、社内でも極力会話をしないようにしていたのに。そんな努力も無駄に終わったようだ。

隠し通せる自信もないし、前多さんなら信頼できるから打ち明けてしまってもいいだろうか。

パリパリの海苔を巻いたおにぎりをひと齧りしてから、「はい」と答える。

「えっ、そうなんだ！　よかったね」

聞くや否や、彼女はワントーン高い声でよろこんでくれる。

「あなたたちふたり、くっつけばいいなって思ってたからさ。須藤くんなら安心して櫻井ちゃんを任せられるわ」

「あ、ありがとうございます……自分でもまだ、展開についていけない部分はあるんですけど」

いっくんとのことはずっと誰にも言えずに悶々としていたから、誰かに話すことでふっと肩の力が抜け、開放的な気持ちになった。

それを皮切りに、絶対に口外しないという約束のもとで、これまでの経緯を掻い摘んで話した。

実は彼が入社してすぐに告白されていたこと。しかも大学時代からずっと想ってくれていたこと。転職したのも、私との距離を詰めるためだったこと。誕生日にピンキーリングをもらったこと。昨日のデートで、改めて「付き合って」と告白されたこと。

……さすがに、大学時代や会社では可愛い系のキャラを作ってます——なんてところまでは暴露できなかったけれど。

そこまでを話し終えると、前多さんはもうワントーン高い声で感嘆した。

「すごーい。愛だね、愛。ますます須藤くんの好感度が上がっちゃったな。……で、その『付き合って』に、櫻井ちゃんがようやくＯＫ出したってわけだね」

「えっと……」

尋常じゃなくドキドキしていたので、その場面をすぐには思い出せなかった。彼女に言われて記憶を辿ってみる。

「……あれ」

『絶対、大事にするから』

そう言われたあと、私、「うん」とか「いいよ」とか「お願いします」とか——そういう返事、したっけ？　まったく覚えがないんだけど。

「どうしたの？」

何だか急に心配になってきてしまった。私の気持ちが、きちんといっくんに伝わっていないかもしれないなんて。

フリーズして動かなくなる私を心配して、前多さんが訊ねる。

「あ、いえ……あんまり記憶がなくて」

「それくらい舞い上がってたってわけか」

美味しそうなハンバーグを箸先で摘み、頬張って彼女が言う。

舞い上がってた。もちろんそうなんだけど、キスされて物理的に返事ができなかった、というのが真相のように思う。……それを相手がどう受け取ったかはわからないけれど。

なんて、ダメだ。どんどん弱気になってきてしまう。私は見つけてしまった綻びを意識的に頭のなかから排除すべく、小さく首を横に振る。

「楽しそうでいいなぁ。うちは付き合い長いからそんな感覚、とうになくなっちゃってるわ」

「長く付き合っている相手がいるほうが、ずっと羨ましいですよ」

ハンバーグを飲み込んだあと、残念そうに息を吐く前多さん。彼女には、三年付き合っている彼氏がいて、一緒に住んでいると聞いている。

彼女が毎日持参しているお弁当は、結婚資金を貯めるために彼氏の分も一緒に作っているのだという。『ほとんど昨日の残り物だけどね』なんて謙遜しているけれど、いつも栄養バランスや彩りのいいお弁当箱の中身を眺めては、幸せってこういうことなのだろうな、と羨望を向けずにはいられない。

「んー、でももう落ち着いちゃったからね。付き合い立てのころみたいに、会うのが待ち遠しくてワクワクしたり、会ってうれしくなってドキドキしたり、みたいなのをもう一度味わいたいなって思うよ」

ちょっと遠くを見つめて呟く前多さんは切実そうだった。……そういうものなんだろうか。

「だから、今のうちにいっぱい恋愛の醍醐味を味わっておいたほうがいいよ」

「わかりました」

「ねね、どうせまだみんな帰ってこないし、せっかくだから大学時代のエピソードとかもう少し聞かせて。最近そういうキラキラした話に縁遠いからさー」

「ええっ、何ですか、それ」

期待に満ちた目でこちらを見てくる彼女にぷっと噴き出してしまった。でも、今はいっくんのことをもっと語りたい気分だったから、お言葉に甘えさせてもらうことにする。

私はおにぎりを頬張りながら、大学時代の記憶を呼び覚まし、矢藤グループの思い出をぽつぽつと話したのだった。

◆◇◆

いっくんとデートしたあの日から、一ヶ月が経とうとしていた。

八月の初旬になると、通勤服は半袖一択だ。うちの会社は必ずしもスーツを着用しなければならないわけではないので、スキッパーカラーのシャツにアンクルパンツ、みたいな組み合わせで出勤することが多い。とはいえ、オフィス内の冷房の設定温度は、スーツを着用している営業部の男性社員を慮ってやや低めに設定されているので、風よけのカーディガンは欠かせない。

終業の時間が近づき、いつものようにオフィス内のゴミを集めて回る。商品企画部のものを終え、となりの営業部へ移ろうかというところで、その一角から楽しげな声が聞こえてきた。

「えー、須藤さん今日も空いてないんですか？」

至極残念そうに悲しげな声を上げたのは、総務の理子ちゃんだ。そのとなりには、困った顔をしているいっくんの姿がある。

「ごめんなさい、先約があって」

「先週もそう言ってましたよね。私も須藤さんとご飯食べに行きたいなぁ」

「いいですね。今度、みなさんも誘って行きましょう」

「もう、須藤さんって鈍いんですね。……でも、そういう可愛いところが素敵だと思います」

それぞれのデスクの下にあるゴミ箱をゴミ袋に移しながら耳を澄ます。顔を見ずとも会話の内容で、理子ちゃんがいっくんをロックオンしているのが伝わってくる。金曜の夜なら比較的ゆっくりとした時間を過ごすことができるとあり、先週に引き続き今週も果敢に誘いをかけたわけだ。

最近、彼女はいっくんに気があることを隠さなくなってきた。今だって、こんな会社のみんながいる前でいっくんを食事に誘ったりして、ハートが強いったら。無論、みんな大人なので聞こえないふりを貫いているけれど、聞かれたら困る……とか思わないのだろうか。

まぁ、彼女は顔立ちも所作も愛らしいし、男性人気が高いタイプだ。これまで拒まれた経験がないのかもしれない。それゆえに大胆に振る舞えるのだ。

私はいっくんが誘いを断ったことに、内心で安堵した。今夜は私との約束がある。彼がそれを守ってくれたのをうれしく思うと同時に、ちょっとした優越感も覚えていた。

「先輩、すみません。あとは僕がしますので」

話の途切れ目で、いっくんが私に声をかける。

「あ、ありがと」

「いいえ」

彼はにっこりと笑いながら、意図的に私の手に触れる。

「ごめんなさい」

間違って触れてしまったとでも言いたげに謝ったけれど、おそらく演技だろう。その証拠に、口調こそ申し訳なさそうにしつつも、たじろいだ様子もなければ口元に湛えた笑みもそのままだ。

「あ……あとは、よろしく」

ただ手が触れただけなのに動揺してしまうのは、彼との関係が透けて見えないようにしなければという使命感にも似た感覚のせいだ。普通に接しようと思えば思うほど、普通が何なのかわからなくなる。

そんな私を、彼はきっと少し離れた場所から見て面白がっているに違いない。可愛いいじられキャラの彼が、実のところは計算高い小悪魔キャラだなんて知っているのは、この場で私だけだ。

「……会議室、戸締りしてきますね」

「ありがとう、よろしくね」

パソコンの画面に広がる図面を食い入るように見ている前多さんに声をかけ、私は階下の会議室へ向かった。

今日はみんな忙しそうで、まだ帰宅する気配はない。私の今日マストでやらなければいけない仕事が件の展示会合わせの椅子のサンプルチェックくらいだったので、もう帰ろうと思えば帰れるのだけれど、同じ部署の人たちがこぞって残っていると何となく帰りづらいので、雑用を買って出たというわけだ。

二ヶ所ある会議室のうち、先に奥にあるBの窓の鍵を閉め、カーテンを閉める。それが終わると、同じようにAに移動し、窓際で鍵を閉める。カーテンを引こうとしたところで、

「商品企画部、今日は出づらい雰囲気だね」

と、背後から馴染みのある声がした。いつもの子犬を装った高めのトーンではなく、胸に響かせるような低めのその声音と話している時間のほうが、最早長くなってきた。振り返ると、いっくんが扉を開けて入ってきたところだ。

「そうだね。先輩方は図面の締め切りが重なってるみたい。手持ち無沙汰だったからこっち閉めておこうと思って」

窓のほうを示した手をぐいと引かれ、いっくんに抱き寄せられる。

「そのお陰でいち早く雨音先輩とふたりきりになれたわけだけど」

甘い声音で囁いたあと、彼は私の背中に腕を回した。心地よい温もりに包まれる。

「……ここ、会社だよっ」

「いまさらでしょ」

笑われたらしく、く、と喉の音が鳴るのが聞こえた。

説得力がないと思われてしまうのも仕方ない。いっくんはこれまでそうだったように、他の社員の目につかない場所で私に触れてくる。以前と違うのは、私のガードが多少緩くなったことくらいだ。

「でもダメっ。誰か来ちゃったらどうするの？」

「もう終業時間過ぎてるし、誰も来ないよ」

「ぁっ……！」

黒のスキッパーシャツの下は同色のレースのブラしか身に着けていない。シャツの裾から容易に潜ってきたいっくんの手が、ブラの上から胸元をまさぐる。

「薄着になったから、触りやすくて助かる。でも、透けないか心配だな」

ブラの上に直接シャツを着ていることを指しているのだろう。シャツの厚みから透けないと踏んでいるものの、言われると少し気になるかも――なんて考えているうちに、彼の手はカップの下に滑り込んでいく。

「ちょっと待ってっ……」

「何で？　こないだもここでいっぱい気持ちいいことしたじゃん」

「っ……」

そのときのことが蘇り、言葉に詰まる。たまたま会社に最後残ったのが、私といっくんだったことがあった。これ幸いとばかりに、彼はここに私を連れ出したのだ。

「雨音先輩、可愛かったな。こういう場所のほうが燃えたりするの？」

「そ、そんなことないっ」

私は力強く首を横に振ったけれど――確かに、彼の部屋でそうなるときとは雰囲気が違うし、そのことを彼に煽られたから、過剰に反応してしまったかもしれない。それは認めざるを得ない。

「本当かな」

彼の指先が、カップの下の頂を捉える。

「んぁっ……今日はみんなまだ会社にいるし……ダメだったら」

人がいるからダメで、いなければいいなんて理論はそもそもおかしいのだけれど、私は諭すように言った。

「だからってここに用事なんてないよ。戸締りはこうして先輩がしてるわけだし」

「会議室に用事はなくても、倉庫にサンプル取りにきたりはあるかもしれないでしょ」

「いっそ見せつけてやったら？　俺たちこんな関係ですって」

「あ、あのねっ、そんな冗談言って、本当に誰か来たら――」

「呼び出されてクビ切られちゃう、とか？　……そしたら、ふたりで『マルティーナ・ジャパン』に雇ってもらおうよ。俺が話つけるから」

不覚にも、業界大手の名前を出されてくらりときてしまったのは内緒だ。

いっくんが『マルティーナ・ジャパン』の会長の孫だと知ったのは、再び彼の部屋を訪れたときだ。父は現社長。つまり、彼は大企業の御曹司だったということになる。

初めて彼の部屋に入ったときからずっと疑問だった。一介のサラリーマンである彼が、なぜあんなに豪華なマンションに住むことができるのか。理由を聞いてみて、驚いたけれど同時に納得もした。いつかのいっくんの『他のところで力を試してみたい』という台詞を思い出したからだ。

よくよく確かめてみると、彼がうちの会社に入社したのは、武者修行をするという意味合いもあったらしい。いずれは自分の会社に戻って跡を継ぐつもりだったということだ。

縁もゆかりもない同業他社へ未来の社長を送り出すのは『マルティーナ・ジャパン』としても不本意に違いなかったろうに、うちの会社はライバル視すらされないくらいのささやかな規模であるから、黙認してもらえたのかもしれない。

というか、そんな大事なことをどうして今の今まで黙っていたんだろう。大学時代にはおくびにも出さなかったから、まったく気が付かなかった。きっと私だけではなく、周りのみんなも同じだったのではないだろうか。

――いや、今はとにかく。

「そういう問題じゃないっ！」

「わかった、わかった」

だんだん強くなっていく語調に笑いをこぼしつつ、いっくんはあっさりと手を引いた。

「じゃ、これだけ貰っとくね」

彼は優しくそう言うと、唇が軽く触れ合うだけのキスをする。まるで学生が勇気を振り絞ってするような、爽やかなキス。彼の唇は、柔らかな感触をほんの一瞬だけ残して遠のいていった。

「その分、あとでもっとすごいことするかもしれないけど」

「えっ、ど、どういうこと？」

「さあね。俺、先に戻ってるね」

「……うん」

いじわるに微笑んだ彼は、ひらりと手を振って部屋を出て行った。

もう、相変わらず勝手なんだから。とはいえ、その勝手さすら可愛いと思い始めている私も、たいがいなのだろう。もちろん、照れくさくていっくん本人には言っていないけれど。

彼に気を取られ、閉めていなかったカーテンを引き終えると、頭のなかでは勝手に今の会話を反芻していた。

『いっそ見せつけてやったら？　俺たちこんな関係ですって』

……こんな関係って、どんな関係？

さっき直接訊けたらよかったけれど、いざとなると訊けない。ほんの一言なのに。

私と彼の関係性は、『付き合っている』ものだと思っていたのだけれど、最近そうではないような気がしてきた。

彼と初めて結ばれた日から、私と彼との間の空気に劇的な変化はない。呼び方だって『雨音先輩』『いっくん』のままだし、デートらしいデートもない。呼び方は習慣的なものでもあるし、何となく週末にいっくんの部屋に呼ばれて、そこで一晩過ごすのをデートと呼ぶのであればそうなのだろうけれど、どうにも胸に引っかかっている。

お互いそれぞれの仕事を抱えた社会人だし、いっくんは営業職で私に比べて飲み会や会食も多いから、平日の夜に時間が取りづらいのはよくわかる。だから、それを不満に思ってるとかではないのだけど……。

このモヤモヤした感じは、いっくんに告白されたとき、それに対して私がきちんと答えていないと気付いてしまったときから根を張り始めたように思う。

――いや、だいたい私のこの気持ちが恋なのかどうか、百パーセントの自信がなかった。

あの日彼の部屋を訪ねることにしたのは、シンプルに彼ともっと一緒にいたいと思ったから。彼と一緒にいると話が尽きないし、ドキドキする。決して場の雰囲気に流されたわけではなく、彼と向き合いたい気持ちがあったから受け入れた。それは紛れもない事実だ。

その一方で冷静な自分が首を傾げる。ついこの間まで可愛い後輩として接していた彼を、猛烈なアプローチがあったとはいえ、本当に恋人として見ることができるの？　と。

それだけじゃない。そもそも私のほうが年上であることも不安材料だし、何よりも『マルティーナ・ジャパン』の跡取りである彼に釣り合うような存在ではないことが引っかかる。

彼ときちんとお付き合いするのなら、それなりにいいお家柄のお嬢様――という女性が相応しいのではないだろうか。普通のサラリーマン家庭に生まれ育った私には、荷が重すぎるのでは？

不安が不安を煽り、あれこれと考えてしまう。自分の気持ちに絶対的な自信がないのに、関係性を問いただす台詞を放つのは不誠実だ。だから訊きたくても訊かない。訊けない。

嘆息すると、さきほど上階で見た光景が頭を過る。

訊けないのは自分たちのことだけじゃない。理子ちゃんについてだってそう。

いっくんは理子ちゃんからの誘いはすべて断っているみたいだ。でもそれは、私の知り得る範囲での話であり、実際はどうだかわからない。ふたりでいる瞬間があれば、連絡先を交換したり、約束を交わすことだって可能だし――

……なんて、確かめてもいないのに邪推してはいけないか。

相手が理子ちゃんのように可愛くて女性的魅力に溢れている人だと、太刀打ちできないと思ってしまう。いっくんは私のことが好きだと正面からぶつかってきてくれているのだから、それを信じないのは失礼だ。

今だって、夜を待ちきれずにわざわざふたりになるチャンスを作りにきてくれたのだ。余計なことは考えずに、いっくんとの時間を楽しめばいい。

――その夜、彼と満ち足りたときを過ごしながらも、私の心の奥底にはそこはかとなく重いものが居座っていた。この先、それが何かよくないことにつながっていきそうな、漠然とした不安。

わずか一週間後、その予感が的中してしまうなんて、このときの私は夢にも思っていなかったのだった。

◆◇◆

その報せを聞いたのはお昼休み。会社のビルの屋上でだった。

十階建てのビルの屋上は解放されており、各テナントが休憩などで自由に使用していいことになっている。簡易なテーブルとベンチが置かれたその場所で、前多さんとふたり、持参したお弁当箱を広げていると、

「櫻井ちゃん、ちょっと訊いてもいい？」

と、彼女が深刻そうな表情で訊ねてきた。

「えっ、何でしょう？」

それまで展示会の準備について興起して話していたはずの彼女が、いったいどうしたのだろうと急に不安が過る。

「須藤くんとは上手くいってるの？」

「あ、はい……一応」

私は小声で言い、微かに頷く。

彼との仲は何も変わっていない。よくも悪くも。

「そうなんだ」

すると、前多さんは言いにくそうに眉を顰めた。それから。

「……聞いた話だから、確証はないんだけど……でも、一度聞いたからには櫻井ちゃんの耳にも入れておくべきかと思ったんだ」

前多さんも考えあぐねた末に、私に伝えてくれようとしているのだと窺える。軽く息を吸い込んで、彼女が続けた。

「須藤くん、理子ちゃんとも付き合ってるってことはないかな」

「えっ」

「営業部の子から聞いたんだけど、夜の誰もいなくなったオフィスで須藤くんと理子ちゃんが抱き合ってるのを見た子がいるって。でも私、櫻井ちゃんから須藤くんと付き合ってる話を聞いてたから、びっくりしちゃって……」

「…………」

「櫻井ちゃん？」

胸が不快にざわめく。私はすぐに返事をすることができなかった。

前多さんが今日、わざわざ屋上に私を誘ったのは、このことを教えるためだったんだ。屋上なら昼休みにうちの社員がいる可能性が低いし、こういう込み入った話ができるから。

……いっくんと理子ちゃんが、夜のオフィスで抱き合ってた？　まさか、そんな。

「ごめん、その様子だとやっぱり知らなかったよね」

前多さんが悪いわけではないのに、申し訳なさそうな顔で謝ってくれる。

「……いえ、あの、そういうのって見間違いとか、勘違いだったりすることもあると思いますし」

口をついて出たのは自分でも意外なほど弱々しい声だった。

見間違いで状況や人物まで特定できるだろうか？　夜のオフィスで抱き合ってた、なんてディテイールがはっきりしているのに？

頭のなかで、不安を煽る言葉がぐるぐる回る。

——落ち着いて。今自分自身がそう言ったように、それが事実とは限らないんだから。

「そうだよね。この話、出所がどこなのか、誰が見たのかはっきりしないみたいだし……単なる噂に過ぎないのかも。だとしたら動揺させてごめん。余計なことだったね」

「いえ、教えてくれてありがとうございます」

私は首を横に振った。彼女は私を心配して話をしてくれたのだろうし、責めるつもりは微塵もなかった。

「さっ、気分変えて食べよう」

「はい」

あまり暗い顔をしていては気を遣わせてしまう。

箸を手に取り、精一杯の笑みを浮かべて頷いたけれど、気持ちはずしんと沈んだままだった。


ランチを終え、屋上からエレベーターで九階に到着する。

「トイレ寄ってから戻るね」

「はい」

女子トイレに向かう前多さんより一足先に、オフィスのエントランスを潜った。

「へぇ、須藤さんこの辺のお店詳しいんですね～」

「いえ、全然です。ランチで回ってるだけですよ。前の職場のときよりも安くて美味しいお店が多くて、助かってますけど」

何てタイムリーなんだろう。いっくんのデスクの前で彼と理子ちゃんが談笑している。

私は極力気配を消しながら自分のデスクに戻った。部署ごとにパーティションなどがあるわけではないので、新たに増えた人影にふたりが気付いてしまうかもしれないけれど、それでも何となく水を差すのはよくない気がした。商品企画部のエリアがエントランス側にあることにこれほど感謝したことはない。

「この間のお店もすごくよかったですよね、あのお蕎麦の」

「そうですね。気に入ってもらえて何よりです」

「須藤さんと一緒に行けたってだけでも十分気に入っちゃいましたー。また誘ってくださいね」

「もちろん、また行きましょう」

テンポよく交わされる会話には、お互いへの好意が滲み出ている。表情こそ窺えないけれど、ふたりの雰囲気が軽やかで楽しげなものであることから容易に想像がつく。

タイミング悪く、聞き捨てならないことを耳にしてしまった。

いっくんが理子ちゃんを自分の知ってるお店に誘った？

お腹の中に重くトゲトゲしたものが広がっていく。

「私のおススメのお店にも是非お連れしたいなぁ。須藤さんって何が好みです？　和食か洋食か、それとも中華とか」

「割と何でも好きですよ。苦手なものはほとんどないので……あ、家の近くに美味しいイタリアンがあるので、比較的よく行くのはイタリアンですかね」

「それならいいお店がありますよー。そこのパスタが絶品で」

どうして変なタイミングで戻ってきてしまったんだろう。こんな会話、聞きたくなかった。

別のことで意識を紛らわしたいのに、生憎みんなお昼から戻ってきておらず、静かな社内に彼らの声はよく通る。

この場に居続けることがつらくなってきた私は、給湯室に逃げることにした。本当はトイレがよかったのだけれど、トイレに行くと前多さんとすれ違ってしまうからよしておいた。きっと今の私は冷静ではないので、何かとよく気が付く彼女には見抜かれてしまいそうで怖かった。ついでにコーヒーでも淹れてこよう。

そう決めると、私は足音を立てないようにしながら再びオフィスのエントランスを出て、給湯室に入った。シンクの傍の小棚には、社員の私物のマグが並べて置かれてある。淡いブルー一色の四角いマグを選び取ると、インスタントコーヒー等が入っている場所から、私物用の引き出しを開けて、ストックしておいたドリップパックをマグにセットする。

ウォーターサーバーの赤いレバーを押しながら、さっきの会話を全部聞き届けるべきだったのかも、との思いが思考を通り過ぎていく。

いっくんと理子ちゃんがふたりで食事をしに行ったのかどうかはわからないのだし、仮にふたりで行ったのだとしても、たまたまランチの時間が合ったからなのか、仕事帰りに待ち合わせをしてディナーをしたのかで、かなり意味合いが変わるのではないだろうか。

……でも、もしディナーだったとしたら?

『夜の誰もいなくなったオフィスで須藤くんと理子ちゃんが抱き合ってるのを見た子がいるって』

前多さんの台詞が耳元でリフレインする。

それはつまり、理子ちゃんに心変わりしたということ……?

換気扇の音だけが低く響いていたその空間に、ガチャ、と扉の開く金属質な音が重なる。

振り返った先に立っていたのはいっくんだった。

「今日、お弁当じゃなかったんだ？」

後ろ手に扉を閉めてから、彼が意外そうに訊ねる。

「ううん、お弁当だったよ。屋上にいたんだ」

マグに取り付けっぱなしだったドリップパックを外し、足元のゴミ箱に入れながら答える。

「そうなんだ」

『そっちこそ、どこで食べてたの？』

訊きたくてたまらないくせに、私はその言葉を呑み込んでしまった。訊いてしまって理子ちゃんの名前が出てきたら、平静でいられないかもしれない。

「……どうかした？」

言葉を投げかける代わりに、彼の顔を食い入るように見てしまっていた。そんな私の様子に、いっくんが不思議そうな表情で首を傾げる。

確かめたいことは山ほどあった。私は足元を見るように俯いた。

さっきの会話はどういうこと？　ふたりきりで食事に出かけたの？

ふたりが付き合っているかもなんて話が出ているけれどそれは真実なの？

夜のオフィスでふたりが抱き合っているのを見た人がいるんだけど、それは——？

質問事項が頭のスクリーンに浮かんでは消える。けれど私は、さきほどそうしたようにそのすべてを呑み込むことにした。

本当は、こうなる前にきちんと私たちの関係性を問いただすべきだったのだ。付き合っているのかどうかを曖昧にしたまま、敢えて宙ぶらりんのままに会い続けていた私は卑怯だと言われても仕方がない。

もしかしたらいっくんは、私のそういう気持ちを見透かして失望したのかもしれない。それで理子ちゃんに心変わりしたのかも。

理子ちゃんは私よりも若いし、可愛い。そして自分の好意をしっかり伝えるタイプだ。中途半端な私よりも彼女がいいと思われたなら、反論の余地はない。

「ううん、何でもない」

顔を上げた私は、首を横に振った。

「本当？　何か、ちょっと表情が暗い気がする」

靴音を鳴らしながら、気遣う口調のいっくんが近づいてきて対峙する。

「そ……そうかな」

「うん。雨音先輩って嘘つけないよね」

彼はそう言って笑うと、私の顎をそっと持ち上げた。その指先の感触に、何かを期待するみたいに鼓動が高鳴る。

「頼りないかもしれないけど、何か困ってることがあったら、相談してよね？」

「あ、ありがとう……」

ところが、優しい言葉とともに、顎にかかった彼の手はすんなりと離れていく。

「うん。……席、戻るね」

彼はそう言い残して、廊下へ出て行った。

いつもなら、キスのひとつでもされていたところなのに。今日は何もしないんだ。少しでもふたりきりの瞬間を見つけると、迫ってくるくせに。

そういえば、最近は触れてくることが減った気がする。

これって飽きられ始めているんだろうか。……今は理子ちゃんに夢中だから？

——ああ、また確かめてもいないことで気分が沈んでいる。

決めつけてしまうのはまだ早い。いっくんの口から事実を聞くまでは、私の想像に過ぎないというのに。

自分自身を鼓舞しながらも、ふたりが楽しそうに話す声が頭を離れない。

淹れたてのコーヒーがぬるくなるまで、私はパンプスを床に縫い留められたみたいにその場から動けなくなっていた。

8

追い打ちをかけるような事態が起こったのは、それからわずか二日後の終業時刻を過ぎたころ。いつものごみ捨てを終え、いざ帰宅しようとしたときだった。

「櫻井さん、ちょっとよろしいでしょうか」

私のデスクまでやってきて、控えめに声をかけてきたのは理子ちゃんだった。

とろみのある白いブラウスに花柄のロングスカートという愛されファッションに身を包んだ彼女が、申し訳なさそうに眉を下げる。

「ちょっとだけ、お話ししたいことがあって……あの、お忙しいところすみませんが、少しお時間頂けないでしょうか」

「私に？」

「はい」

自分を指差して訊ねると、彼女が頷きながら答える。

彼女とは仕事の絡みはほぼない。部署や業務内容がまったく違うのだから当たり前だ。

彼女とは仲が悪いわけではないが、取り立ててよくもない。言い換えれば、あまり関わったことがないのだ。それだけに、わざわざ話したいことがあるという状況に、違和感を覚えた。

「……わかりました」

とはいえ、用事があるというなら断るわけにもいかない。

「下に行きましょう」

「えっと、会議室？」

「はい。お願いします」

会議室の状況を把握している理子ちゃんは、今なら使えると思ったのだろう。わざわざそんな場所でする話とは、いったいどういう内容なのか。

もちろん、脳裏にはいっくんの顔が浮かんでいた。……いや、まさか。

彼女は私といっくんが親密であるのを、おそらく知らない。大学時代の先輩後輩であるということくらいはいっくんから聞き出して知ってそうだけど、そこから私たちの仲を推測するのは難しいはずだ。会社では、そういう疑いをかけられないようになるべく近寄らないようにしているのだから。

通勤バッグをまとめたあと、理子ちゃんのうしろを付いてエレベーターホールに向かい、そこから八階にある奥の会議室Bに到着する。

彼女が明かりを点け、扉を閉めるなり、

「櫻井さんって、彼氏いるんですか？」

と訊ねてきた。

「え……あの……？」

突然のことで、どう答えていいのかわからない。

私がもごもごしていると、彼女は綺麗なローズピンクのグロスを塗った艶のある唇の端を上げた。そしてさらに訊ねる。

「質問を変えますね。櫻井さんは須藤さんと付き合ってるんですか？」

驚天動地とはこのことだ。私は思わず息を呑んだ。喉奥にひゅっと空気の落ちる音がする。

「……どうしてそう思うの？」

焦燥感に駆られながら、やっとのことで言葉を紡ぐ。

「須藤さんのことを見てるとわかるんです。櫻井さんを目で追ってるときがあるから、もしかしてって思ったんですが、当たってたんですね」

これが誘導尋問であり、否定するべきだったのだと気付いたときには手遅れだった。期待通りの答えが得られたと、したり顔の彼女がさらに続ける。

「それで、須藤さんと付き合ってるんですか？」

「…………」

むしろ私が訊きたいくらいだ。考えれば考えるほど、どう答えるべきか判断がつかない。

親しい関係であるのは確かでも、お互いがそういう認識であるかと問われると、やはりわからない。

「肯定も否定もしないのは……答えられないような、汚らわしい関係だからですか？」

理子ちゃんの表情に一瞬嫌悪が浮かんだのを見逃さなかった。

決していい加減な気持ちではないとすぐさま反論したかったけれど……そんな風に捉えられてしまっても、言い訳は出来ないか。

「私は須藤さんとお付き合いしています」

何と言い返そうか考えあぐねた直後、衝撃的な一言が私の心臓を貫いた。

……いっくんと理子ちゃんが付き合ってる？

「櫻井さんと違ってはっきり断言できます。私は須藤さんが好きで、付き合ってます。そういうことなので、もう彼に付きまとわないでください」

「付きまとうなんて――」

「だってそうでしょう？　大学時代の先輩だか知らないですけど、付き合ってるわけでもないのに須藤さんに気を持たせるようなことをして。だから私、須藤さんに言ったんです。私ならずっと須藤さんのほうだけを見ていますからって。そしたら彼、私と付き合ってくれるって」

「………………」

「櫻井さんって真面目な人だと思ってましたけど、違ったみたいで残念です」

いつもふわふわしていて、おっとりとした口調のイメージが強い理子ちゃんに、攻撃的に捲し立てられるのはかなり堪える。けれどそれ以上に、彼女が放った言葉の内容に対するショックのほうが大きかった。

理子ちゃんがいっくんに好意を伝えて、それにいっくんが応えた。

……あんなに私に想いをぶつけてきた彼が、すぐに他の子と付き合うなんて。

「須藤さんの彼女は私です。彼のことは私に任せてください。櫻井さんと須藤さんの関係は健全じゃないんですから、お互いのためにも彼には関わらないほうがいいと思います」

彼女はきっぱりと言い切ると、普段周囲に見せるようなほんわかした笑みを浮かべた。そして小さく頭を下げる。

「お時間取らせてすみませんでした。私の用事は以上です。お疲れさまでした」

会議室の扉を開けて、帰宅を促す理子ちゃん。仔リスのようなつぶらな瞳には、何も反論させまいという強い意志が点っている。

「……お疲れさまでした」

彼女の勢いに気圧された私は、情けなくも一言も言い返すことができないままにエレベーターに乗り込んだ。

昇降機のなかでひとりになると、妙な緊張感から解き放たれると同時に、思考がクリアになり、その場では通り過ぎてしまった様々な感情が頭をもたげてきた。

わたしといっくんの問題に、彼女が口を挟んでくるのはおかしいのではないか、とか、一方的にふしだらな関係だと決めつけられるのは心外だ、とか。そもそも、付き合ってほしいと言い寄ってきたのはいっくんのほうなのに。

怒りが湧いた次の瞬間に、その熱は冷たい水を浴びたときのようにスッと引いていく。

……その愛情表現にあぐらをかいて、常に受け身でいたことは否めない。

恋愛は気持ちでするものだ。いっくんの気持ちが理子ちゃんに傾いてしまったというのなら、どうにもならないではないか。

「………」

鼻の奥がツンと痛くなる。こんな風になってから気が付いても遅いのに。

私、いっくんのことをちゃんと好きだったみたいだ。彼が心変わりしたと知って、泣きそうになるほどつらいなんて。

一階に到着して、ビルのエントランスを抜ける。夏特有のむわっとした空気がクーラーに慣れた冷たい身体にまとわりつく。

駅までの道のりは賑やかだったり華やかだったりするもので溢れている。オシャレな居酒屋、雰囲気のいいレストラン、可愛らしいケーキ屋に煌びやかな商業ビル。商業ビルの入り口からは、通り過ぎ様に陽気なＢＧＭが流れてきた。

今は何を見ても、聞いても、気持ちが塞いでしまう。一刻も早く家に帰って、シーツを被って寝てしまいたかった。そうすれば、何も考えなくて済むと思うから。

「櫻井ちゃん？」

声をかけられたのと同時に左肩をとんとんと叩かれた。

振り返ると前多さんがにっこりと笑っていて「やっぱり」と歌うように言った。

「似てるなと思って声かけちゃった。ごめん、急いでた？」

「……いえ」

「って、どうしたの？　顔色悪いよ」

よほどひどい顔をしていたのだと思う。彼女が瞠目して訊ねる。

「大丈夫です」

「何かあったんでしょ？　……もしかして、須藤くんのこと？」

前多さんは本当にすごい。多くを話したわけじゃないのに、リアクションひとつですぐに言い当ててしまうんだから。

「さっき今井ちゃんに呼び止められてたよね。それと何か関係あったりするの？」

「…………」

「話して楽になるなら、話してみて。聞くことしかできないけど」

「……前多さん」

私は彼女の厚意に甘え、つい数分前の出来事を洗いざらい打ち明けることにした。

立ち話では何だからと駅の傍にあるカフェに移動すると、男前な前多さんはよく私が出勤前に買うことの多いアイスカフェオレをご馳走してくれた。お礼を言って受け取りつつ、思い出すようにぽつりぽつりと話していく。

自分でも混乱しているのはよくわかっていたから、要領を得ない部分もあっただろうに、前多さんはそれらすべてに辛抱強く耳を傾け続けてくれた。

「今井ちゃんってそういう感じの子だっけ。宣戦布告ってやつだね」

私の話が終わると、彼女は感心と恐れが入り交じった口調で呟いた。

「で、櫻井ちゃんはどうするの？　今井ちゃんが言うように、このまま大人しく引き下がるの？」

「……どうしたらいいんですかね。いろいろ考えてたら、よくわからなくなってきちゃって」

いっくんが理子ちゃんと付き合いたいというのなら、それを尊重してあげるべきなんだろう。

「――でも、ふたりが付き合ってるの、まだ信じられないんです。というか、信じたくないだけかもしれないですけど」

『絶対、大事にするから』

脳裏には、デートしたあの日の甘い囁きが蘇る。

彼がその台詞を軽々しく放ったわけではないと……相手が私だからこそ、あんな風に真剣に伝えてくれたのだと、信じたいのだ。

「そういうのはさ、本人に訊いてみないとわからないし、スッキリしないものだよ」

何かを考えながらストローの先を噛んでいた前多さんが、カフェオレのプラ容器をトレイに置いて言った。

「やっぱ訊きたいことは訊かなきゃ。望んでいない答えが返ってきたとしても、そのままでいるよりはずっといいんじゃないかな。いつかは知らないといけないことなんだし」

「……そう、ですよね」

前多さんの言う通り、ずっとこのまま——宙ぶらりんのままではいられない。知るのが遅いか早いかの差でしかないなら、潔く訊ねるべきだ。

わかってる。わかってるけど、勇気が湧かない。彼を本当に好きだと自覚した直後に失ってしまうかもしれないなんて、あまりにも悲しすぎる。

「大学を卒業してから、ずっと須藤くんとは会ってなかったんだっけ。櫻井ちゃんて今いくつ？」

「二十七です」

「てことは……五年以上か」

前多さんはシアーなオレンジのネイルが施された指を折り、数えながら言った。

「すごいよね。前にも言ったかもしれないけど、それこそ愛だよ。五年以上も空白の期間があったのに、果敢にアタックしてくるなんて。しかも、職場まで変えてさ。それって、よっぽど強い想いがないとできないんじゃないかな」

「…………」

「自信持って。須藤くんにとって櫻井ちゃんは、それくらい大切な存在だったってことなんだと思うよ」

彼女の言葉が心の奥深いところに落ちていき、ふっと肩が軽くなる。

――そうだ。いっくん本人が教えてくれたことを忘れていた。

『雨音先輩は俺の恩人であり、憧れの人』

囁き声とともに、私の身を包んだ彼の体温が蘇る。

自棄になりかけたときにサークルに勧誘されたおかげで、大学生活が楽しくなったと。そう言っていたじゃないか。

……自信を持ってもいいんだろうか。彼のとなりにいるべき人は他の女性ではなく、私なのだと。

「ありがとうございます。背中を押してもらえてよかったです。私、大事なことを忘れていました」

対面の彼女に頭を下げ、私が続ける。

「彼を信用して、訊きたいことを訊いてみようと思います。やっぱり彼の口から本当のことを聞きたいので」

「そっか」

それまでずっと神妙な面持ちをしていた前多さんだけれど、その表情がふっと緩んだのがわかった。

「――今月末はいよいよ展示会だから忙しくなるしね。肉体的にも精神的にも疲れやすくなるから、その前に胸のつかえは下ろしておいたほうがいいよ」

「はい。そうですよね」

今まで少しずつコツコツと準備していた展示会が、すぐそこに迫っている。物品の梱包に始まり、運搬やレイアウトに合わせた配置なども、当然ながら自分たちの仕事の範疇なので、男性に比べて体力のない女性には結構キツイ。一週間前にもなれば、頭のなかはほぼそれ一色になって、余計なことを考えられなくなるのはわかりきっていた。

「大変だけど、商品のアピールができる大切な期間だから。櫻井ちゃん作の椅子もバンバン売らないとね」

「はい、頑張ります！」

不安の芽を摘んでもらえたことで、心に広がる霧が晴れていくようだった。

入店したときとは打って変わって清々しい気持ちになった私は、しばらく前多さんとのお喋りに興じたのだった。

◆◇◆

『訊きたいことがあるから、明日の帰りに会えない？』

帰宅後。夕食もお風呂も何もかもを後回しにして、この短い文章を打つのに二十分もかかってしまった。

別の言い回しだったり、本題があると匂わせずに誘おうかとも考えたけれど、そうやって逃げ道を作ってしまうと優柔不断な私のこと、切り出せないまま解散となってしまいそうだったので、最初に宣言してしまうことにした。

メッセージアプリを介して、震える指で送信ボタンを押す。押し込めていた緊張を大きく吐き出した。直後。

『いいよ。場所はどうする?』

返事はすぐに届いた。いっくんは男性にしては連絡がマメなタイプで、特別な事情がない限りはすぐに返信を送ってくれることが多い。私は少し考えたあと、こう打ち込んだ。

『いっくんの部屋でもいいかな?』

せっかくならカップルが訪れるようなムードのあるお店を指定したいところだったけれど、会社帰りだし、万が一同僚に目撃されてはよろしくない。人の目を気にすることなく話せる場所で、一番最初に頭に浮かんだのは彼の自宅だった。

『もちろん。楽しみにしてる』

待つこと数分。色よい返事が来たことに胸を撫で下ろした。

一歩踏み出す勇気を振り絞ったというだけで、正直なところ、まだ彼を問いただすことへの怖さや緊張感はある。

けれども、明日すべてがはっきりするのだと思うと、怖さや緊張感のなかに、このふらふらと落ち着かない気持ちから解放される期待が入り交じる。

——大丈夫。悪いほうには考えずにいっくんを信じよう。あの日、彼が耳元でそっと囁いてくれた言葉こそが、私にとっての真実なのだから。


眠れない夜が明け、うっすらついたクマをコンシーラーで隠して出勤した。

不運にも、トラブルはそんな日に限って起きてしまう。取引先である保育園が指定した期日に、既に発送しているはずの園児用ロッカーが届いていないとか。また別の保育園では、八脚納品しなければいけない椅子が六脚しか納品されてないとか。普段ならありえないような単純なミスが同時に二つも発生してしまっていた。

本来、これらの仕事は私の管轄ではないのだけれど、たまたまいっくんを含めた営業部はみんな出払っていたので、例のごとく一番仕事にゆとりのあった私が対応に当たることになった。

原因の追究から備品の配達の手配の完了、上司である部長への報告と取引先への謝罪など、寝不足の頭で処理し終えるころには終業の時間をだいぶ回っていた。

オフィスにはもう誰の姿もない。それもそうか。パソコンの画面に表示されている時刻は二十時半だ。いつごろからひとりになったのかも気が付かないほど、パソコンと電話だけに意識を注いでいた。

……遅くなっちゃったな。早々と上がっていっくんの部屋に向かうはずだったのに、予定が狂ってしまった。結局今回の件は、担当の営業が不在のときに代わりに連絡を受けた私が犯したミスということがわかったので、自業自得なのだけど。

デスクの脇に置きっぱなしの自分のスマホを手に取ると、ちょうど終業時刻付近にやり取りしたメッセージアプリの内容が表示される。

『ごめん、今日遅くなりそうなんだ。結構待たせちゃうかも』

『トラブルがあったって聞いたよ。対応できなくてごめん。こっちは終わったら一度会社に戻るから気にしないで大丈夫。よろしくお願いします』

『ありがとう。じゃあ、終わったら連絡します』

営業担当からこちらのバタバタは伝えられていたらしく、いっくんはお昼ごろにこちらの様子を気遣うメッセージを送ってくれている。それこそ彼のせいではないのだけれど、やはり優しい。

一段落ついたことだし、彼に連絡を入れなければ。そう思ってメッセージアプリの発言ボックスに文字を打ち込もうとしたところで、オフィスのエントランスから足音が聞こえてきた。

こんな時間に誰か戻ってきたのだろうか。不思議に思って顔を上げると、たった今『仕事が終わったよ』と伝えようとしていた相手がやってきた。その手には、ビジネスバッグと一緒にカフェの紙袋が提げられている。

「いっくん」

「これ差し入れ。よかったら飲んで。好きでしょ？」

人懐っこい笑みを向けながら、私のデスクの前までやってきた彼は、紙袋からプラ容器に入ったアイスカフェオレをひとつ取り出し、ストローとともにデスクの上へ置いた。先日前多さんにもご馳走してもらった、普段愛飲しているそれ。

「ありがと。ちょうど終わったよって連絡しようと思ってたところ」

アイスカフェオレを手に取り、プラ容器にストローを差しながら言う。

これを気に入っていると話したことはないのに、さすが気が利く男。さらっとこういうことをしてもらえるのはうれしいものだ。

彼は私のとなりのデスクの椅子を引いてそこに座ると、手にしていたバッグをデスクの脚に凭れさせるように置き、紙袋を折り畳んでとなりのデスクの上に載せた。

……わざわざ私の分だけを買ってきてくれたなんて、申し訳ない気さえする。

「そう。それはよかった。お疲れさま」

「ごめんね。こんなに遅くなっちゃって」

「俺も思ったより時間食っちゃったから、全然平気」

いっくんが緩く首を振った。

あ。この時間にふたりでいるのを見られるとまずいだろうか。

というか。もし仮にいっくんが理子ちゃんと付き合っているのだとしたら、さらにまずいのではないだろうか。それが理子ちゃんに伝わったりしたら——

……なんて。こんな心配したくないのに。

エントランスのほうをちらちらと見る私の様子に、彼が苦笑を洩らした。

「この時間になったらまず大丈夫だよ。ここの会社の人たち、納期前以外は割と早々切り上げて帰るよね」

「……そうだね」

確かに、気にしすぎかもしれない。帰宅してから戻ってくることなんてほぼないだろう。

「わざわざ会社に来てもらわないで、家で待っててもらったらよかったかな。どうせ移動するんだし」

予め目処が付いたところで連絡をすればスムーズだったのかもしれない。

「それも考えたんだけど、でもやっぱり待ちきれなくて」

「待ちきれない？」

「言葉通りの意味。雨音先輩から誘ってくれるのって珍しいから、うれしくて」

言われてみれば、いっくんのほうが積極的に誘ってくれるとわかっている分、私から声をかけることはなかったかもしれない。

そんな些細なことでよろこんでくれると、こっちまでうれしくなってしまうけれど、照れもあって直接伝えるのは憚られた。

「そういえば、訊きたいことがあるとかって言ってたけど？」

「……あの」

不意に核心を突かれてしまって、瞬間的に頭が真っ白になる。

本当は、ご飯を食べたあとにゆっくり話すつもりだったけれど、ここで引き延ばすのも変な感じがするから、訊いてしまってもいいのかもしれない。

私は小さく深呼吸をしてから、きちんと彼と向かい合うようにそちらへ身体を向けた。そして、勇を鼓して口を開く。

「いっくんが、理子ちゃん――総務の今井さんと付き合ってるって聞いたんだけど……本当？」

声が震えそうになるのをこらえながら訊ねると、いっくんは虚を衝かれたように顔を顰めた。驚きと困惑とも取れるその表情は、いつも飄々としている彼にしては珍しいもののように思う。

けれど、それも一秒にも満たないくらいのわずかな間でしかなかった。驚きや困惑は、いつものようないじわるっぽい微笑みに取って代わられてしまう。

「もしそうだったら妬ける？」

返ってきたのは、ＹＥＳでもＮＯでもない言葉。

「…………」

はぐらかされているんだろうか。もし事実じゃないなら、真っ先に否定しそうなものだ。そうしないのは、心当たりがあるから？

「ノーリアクション？　ま、いいけど」

直前の言葉をどんな風に受け取るべきか悩むうちに、彼が苦笑した。そして、前傾して片手を私の頬にかけ、唇を近づけようとする。

「やめて」

別のところへ意識を逸らそうとしているのではという苛立ちから、彼の手を振り払う。

やっぱり、はぐらかすつもりなんだ。そう認識すると、これまで何とか自分を奮い立たせてせき止めてきた悪い感情が、勢いをつけて一気に溢流する。

「――それならそれで、仕方ないかなって気持ちもある。理子ちゃんは私よりも若いし、女の私から見ても可愛いもの。こないだふたりで話してるところ見て、お似合いだなぁって思っちゃった。いっくんには私よりも理子ちゃんのほうが釣り合うと思う」

こんな分析めいたことを伝えるためにいっくんを誘ったわけではない。最たる目的は噂の真偽や彼の気持ちを確かめることだ。頭ではしっかり理解していても、一度傾斜を下り始めた感情はすぐに止めることができない。

「それ本気で言ってるの？」

すると、彼の瞳が不快感をまとって鋭く光った。

「お似合いとか釣り合うとかって、だから何？　そこに俺の気持ちって反映されてるの？」

淡々とした語り口のなかに、ピリッと張り詰めた音色が交じる。静かに私を詰るその音は、彼の激しい怒りを示していた。

「俺がどんなに雨音先輩を好きか、しつこいくらいに伝えてきたつもりだったのに。……全然伝わってなかったなんてガッカリした」

怒りは徐々に落胆に変わっていく。彼はまるで自分自身を落ち着けるように短く息を吐くと、デスクに手を付き椅子から立ち上がった。

「悪いけど、今日は帰るね」

私を見下ろす瞳に残っていたのは悲しみだった。いっくんはそう呟くと、床に置いていたバッグを持ってオフィスを出て行ってしまった。

再びひとりになったオフィスのなかの静けさが耳につく。彼が現れるまでとまったく同じ状態なのに、感じ方はまったく違った。

引き留めようと思えばできたはずなのに、そうしなかったのは彼が放った言葉に納得してしまったからだった。

『お似合いとか釣り合うとかって、だから何？　そこに俺の気持ちって反映されてるの？』

『俺がどんなに雨音先輩を好きか、しつこいくらいに伝えてきたつもりだったのに』

その通りだ。ぐうの音も出ない。

私は馬鹿だ。理子ちゃんに心変わりされるのが怖いあまり、先回りして彼の気持ちを代弁するようなことを口にして。そこに、彼の本当の気持ちなんて存在しないのに。

不安だったのは私だけ。いっくんはいつも真っ直ぐに愛情を向けてくれていた。……それをわかっているつもりで、ちゃんとわかってはいなかったのだ。

私はまだほとんど手を付けていないアイスカフェオレのプラ容器を手に取った。

これをひとつ取ってみてもそうだ。残業している私のためだけに、わざわざ買ってきてくれた。私が好きなものだと知っていたから。

——ごめんなさい、いっくん。

きっと、いっくんを傷つけてしまったに違いない。去り際の彼の目を思い出して、後悔の念が押し寄せる。

無神経な言葉で彼をガッカリさせてしまった。当然だ、今までの彼の愛情を無下にするようなことを言ったのだから、失望されても当たり前だ。

いよいよ嫌われてしまっただろうか。彼からの信用を取り戻すには、どうしたらいいだろう。

そう考えると、私は一番重要なことを伝えていなかったことに気が付いた。

私の気持ちを、彼に一度でもきちんと伝えたことがあっただろうか？

異性としてのいっくんに惹かれて、好きになって、今は失いたくないと強く思っているこの気持ちを……本人には打ち明けていない。

照れくさいからとか、言わなくてもわかるだろうとかで、伝えられなかった想いを彼に告げるべきだ。

ひょっとすると、今回のことでいっくんは私に愛想を尽かしたかもしれないけれど、自分が犯した失敗のせいだから仕方がない。

いっくんは私に正々堂々と告白をしてくれた。だから、私も彼の誠意と同じものを返さなければ。

私は手元のアイスカフェオレを味わうようにゆっくりと飲みながら、もう片方の手でスマホを操作し、メッセージアプリを開いた。

◆◇◆

『今日はせっかく待っててくれたのに、ごめんなさい。いっくんを傷つけてしまったことを後悔しているし、申し訳ないと思っています。こんな風に誘うのも図々しいのかもしれないけれど、週末の予定はどうですか？　そこできちんと私の気持ちを伝えられたらと思っているので、少しだけ時間をください』

あのあと、伝えきれなかった気持ちをメッセージにしたためようかとも思ったのだけど、やはり大事なことは直接会って話すべきだろうと思い、できる限り簡潔にまとめたものを送った。

その夜のうちには返事がなかったので、連絡を取る気も起きないくらいなのかと落ち込んだけれど、翌朝の出勤途中に『空いてるよ』と返ってきたのでひとまずホッとした。

短いやり取りを繰り返し、いっくんとは土曜日の夕方に会うことになった。

待ち合わせは、いつもと同じいっくんのマンションの最寄り駅にある南口の駅前広場。ご飯を食べて、彼の部屋に行くのが定番になっていた私たちは、決まってこの場所で落ち合っていた。

「いっくん」

私が名前を呼ぶと、ベンチに座っていた彼が顔を上げた。

「いつも待たせちゃって、ごめん」

私は小さく拝みながら謝った。

ここで待ち合わせをして、私が待たされた試しがない。

以前『雨音先輩はいつも時間より早く着いてるから』と話していたことを思い出した。私が待たないように彼が気を遣ってくれているからなのだろう。

「いや、俺が早く来てるだけだから」

いっくんは何でもない風に言うけど、一回目のデートだけじゃなく、継続して頑張ってくれるのはありがたいものだ。それだけ、会うのを楽しみにしてくれているのだと受け取ることができるから。

今日のいっくんは、黒のTシャツにデニムとスニーカーというラフなスタイル。肩の力の抜けたファッションながらだらしなく見えないのは、スタイルのよさのせいなのだろう。

「今日、行きたいところがあるんだけど、そこでいいかな」

「うん」

私が訊ねると、彼はすんなりと頷いた。

「すぐ近くなんだけどね。そこの商業施設の裏」

駅前広場から直線上にある大きな商業施設の裏には、こぢんまりした飲食店が並ぶ場所がある。目的地はそのなかの一軒。地下に潜る階段の先にある、隠れ家風のカフェだった。

薄暗い照明と木目調の内装はまるでログハウスを思わせる。どっしりとしたソファは座り心地がよく、長居するにもぴったりだ。

私たちが座る奥側の席の壁際は、店内を広く見せるためなのかそこだけ一面鏡張りになっている。そこに映し出される自分の姿に視線が行った。

オフホワイトのカットソーに、カーキのロングスカートという装い。スカートにはフロントボタンがついていて、大人っぽいデザイン。スカートは普段ほとんど穿かないので、私のなかではかなり女性らしさを意識したコーディネートだ。それだけ、今日は頑張ろうという気持ちが強かったのかもしれない。

そして左手のピンキーリング。最近は、いっくんが傍にいようがいまいが、会社以外の場所では必ず身に着けるようになっていた。これが視界に入ると、いっくんが傍にいてくれるようで心強い感じがするからだ。

アイスコーヒーとアイスカフェオレをオーダーしたあと、私はキャンバス地の厚みのあるソファに背を預けて口を開いた。

「何だか、いっくんと話すの久しぶりな気がする」

「……そうだね」

実は、彼と喧嘩別れになったあの夜以来、私たちは気まずさから一言も言葉を交わしていなかった。だからこの会話だって、相手の反応を窺うような、変な間が空いてしまっている。

私は改めて向かい合う彼の顔を見た。普段はにこにこと愛想のいい表情をしているはずの彼が、今日は妙に硬い。彼のほうもいつもと違う空気を感じ、緊張しているのかもしれない。

「今日、ここに来たかったって言ってたけど？」

「あ……うん、えっと、大した理由じゃないんだけど」

私は相槌を打って続けた。

「いっくんとご飯食べてから家に行く途中とかで、何回かこの辺を通ったときにお店の看板が出てて……気になってスマホで調べてみたら、すごく雰囲気のよさそうなカフェだなって思ってたの。その、デートで来てみたいなって」

そのとき、店員がアイスコーヒーとアイスカフェオレを運んできてくれた。急に喉の渇きを覚えた私は、手前に置かれたアイスカフェオレのグラスにストローを差して、一口飲んだ。

「この間は差し入れありがとう。すごくうれしかったし、美味しかった」

「いいよ。そのときにもお礼言ってもらったし」

「ううん、そのあと……私が無神経なこと言っちゃったから、もう一度ちゃんと言っておきたくって」

こうして向かい合って視線を交わしながら話すのは、まだ勇気が要るし緊張もするけれど、これ以上自分の気持ちを伝えることから逃げてはいけない。自分に言い聞かせるみたいにしてさらに続ける。

「本当に、あんなこと言うつもりなんてなかった。いっくんが私のことを想ってくれているのは最初からずっとわかっていたはずなのに、理子ちゃんと自分を勝手に比べて自信をなくしてた。早い話が、不安だったんだよね」

こんなにも誰かに熱心に口説かれたことなんてなかった。だから、他の女性と比較されたときに、その人よりも自分が勝る部分ってあるのだろうかと疑ってしまい、にわかに信じがたかったのだ。

「――そう、それに私、よく考えたらいっくんの『付き合って』って言葉にきちんと返事してなかったんだ。それに気付いてから、私たちは付き合ってるのかなって、わからなくなっちゃった。だって、それまでと呼び方も接し方も変わらないし、デートらしいデートもなくて……いっくんの部屋にお邪魔するだけになっちゃってたでしょ」

「身体だけの関係かもしれないって？」

いっくんが端的な言葉で表現したので、小さく頷く。

「……でも、私も考えるより先に訊くべきだった。いっくんに『私たちの関係は何？』って訊けばそれで済む話だったのに、できなかった」

「それは、どうして？」

「ずるいって詰ってくれてもいいんだけど……そのときはまだいっくんのことを本当に好きなのか

どうか、百パーセントの確信が持てなかった。だから敢えて自分からは結論を出さずに、自分の気持ちを見極めるのが先だって思ってしまったんだよね」

「見極める？」

「お互い、ただ好きってだけじゃ気軽に付き合えない年齢じゃない？　もしいっくんと付き合うとして、私はいっくんより年上でしょ。それに、うちはごく平凡な家庭だから、ゆくゆくはお家の会社を継ぐだろういっくんとは、家柄だって釣り合わないだろうし——とか、そういう障壁があっても、自分の気持ちを貫く決意があるかどうかを見極めなきゃいけないいって思ってたの」

いっくんにとって私は相応しくないのかもしれない。そんなネガティブな気持ちで、前を向きづらかったのだ。

そう言ったあと、話の確信に触れるべく小さく深呼吸をする。

「でも、今回のことではっきりわかった。今日はそれを伝えるためにいっくんを呼んだんだ」

私は視線を彼の瞳に向けたまま、膝に載せた両手で、残る勇気を振り絞るみたいにスカートの布地をぎゅっと握った。

「理子ちゃんにも、誰にもいっくんを取られたくない。いっくんのことが好き」

男性に告白するのは初めてだった。緊張感が最高潮に達し、スカートの布地を握る両手が、想いを告げる声が、小刻みに震える。

「いっくんの気持ちがまだ私にあるなら……私を許してくれるなら、今度こそ私と付き合ってください」

——ちゃんと言えた。想いの丈をぶつけることができた私は、緊張で震えながらも充足感を覚えていた。ずっと言葉にしたくて仕方がなかった気持ちを、やっといっくんに届けることができたのだ、と。

私の告白を受けたいっくんの表情が、話し始めから終わりまで変化を伴わなかったことだけが気がかりだ。うっすらと笑うこともしてくれないなんて、もう私には関心がなくなってしまったからなのだろうか、と弱気になってしまう。

「……雨音先輩」

「はっ、はい」

すると、いっくんがおもむろに私の名前を呼んだ。いつになく真剣な声に、背筋がぴんと伸びる。

「俺も雨音先輩に言わなきゃいけないことがあるんだけど、聞いてもらっていい？」

しっかりと頷きを返すと、彼はほんの少し息を吸い込んだ。それから。

「——この間は、ごめん」

と謝りながら、深々と頭を下げた。

「急に怒って帰って、大人げなかったと思ってる。残業終わって気が抜けたところに、あんな態度取ったりして……反省してるよ」

「そんな、いっくんが謝る話じゃないよ。……怒られて当然の内容だったし、いっくんが悪いとは思ってない」

思わぬ方向に話が転がり、慌てて否定したけれど、彼は「いや」と首を横に振った。

「……雨音先輩がそんなに不安がってるなんて知らなかった。俺はただ……妬いてほしかっただけで、悩ませるつもりなんてなかった」

「理子ちゃんのこと？」

「そう。……自分でも子どもっぽいと思うけど、雨音先輩の気を引きたかったっていうか、俺を見てくれてるって実感がほしかったんだ。だから、ごめん」

彼はテーブルの木目に視線を注ぎつつ、照れ隠しのように自身の前髪を何度か撫でつけた。けれどすぐに、私の瞳を真っ直ぐに見つめ返してくる。

「この間きちんと答えられなかったから今言うけど……今井さんとは何もないよ。絶対に」

彼の否定は力強く、歯切れのいいものだった。嘘を吐いているようには見えない。

「私、会社の人から聞いちゃったんだ。いっくんと今井さんが夜のオフィスで抱き合ってたのを見たって。それも見間違い？」

「抱き合うって――あ」

うんざりした顔をしていたいっくんだけど、ふと心当たりがある様子で言葉を止めた。

「……たまたま俺が残業してた日に今井さんも残ってて。今井さんが貸してほしいっていう取引先の資料があったから、それを渡したんだ。そのときに彼女がよろけて……咄嗟に腕を摑んだっていうのはあったけど」

「たまたまそれを見かけた人がいた、のかな？」

「うーん。でもその場にいたのは俺と今井さんのふたりだけだし。覗こうにもエントランスの外からは難しいだろうけどね」

首を傾げているところを見ると、彼は納得がいっていないようだった。その目撃情報そのものを疑っているのかもしれない。

「ごめん、いっくん。疑うわけじゃないんだけど……実は今井さん本人にも言われたんだ。いっくんと付き合ってるって」

私がおずおずと言うと、怪訝そうに顰めていたいっくんの眉が、驚きでぴんと跳ね上がる。

「俺と付き合ってるって、そう言ったの？」

「うん。だから私、心変わりされちゃったんだと思って……」

「そういうことか」

私が思い詰めていた大きな理由がそこにあると知ったらしく、いっくんは深い頷きを落とした。

「誓って言うけど、俺は今井さんと付き合ってないし、付き合うつもりもない。……まぁ、さっきも話した通り、雨音先輩に妬いてほしくて、先輩の前で彼女と話したりしたことはあったよ。でも、それだけだ」

「……食事しに行ったりしてたのは？」

お昼休みにふたりが交わしていた会話を思い出して訊ねてみると、いっくんはおかしそうに笑って答えた。

「よく聞いてるね。ふたりで行ったわけじゃなくて、他の営業部の人と四人でランチに行こうってときがあっただけだよ」

「じゃあ、今井さんとは本当に何もないんだ」

「うん、そう言ったよ――でもその様子だと、妬いてくれたんだね。不謹慎だけどうれしい」

安堵する私の表情を見て、いっくんは言葉通りのうれしそうな微笑みをこぼす。

「……うん。悔しいけど、妬いた」

今井さんといっくんがふたりきりで食事をしていたと想像するだけで、胸が張り裂けそうだった。

「ずっと俺ばっかりが雨音先輩のことを追いかけてると思ってたから、本当にうれしいんだ」

「いっくん……？」

「雨音先輩が先に大学を卒業してもう五年だよ。それでもまだ好きなんだから、よそ見なんてするはずないよ」

自分でも呆れると言わんばかりの口調でそう言うと、彼は穏やかな瞳で私を見た。

「年齢的に、その先を見据えた付き合いになるってことも、もちろんわかってる。年上だとか、家柄とかは関係ない。俺の両親も、俺が選んだ人を否定なんてしないよ。だから不安に思う必要なんて全然ない」

私を見つめるいっくんの視線が、一等篤実なものになる。

「さっきの告白の返事、してもいい？」

間髪入れずに頷くと、彼はもう一度頭を下げた。

「――こちらこそよろしくお願いします」

「っ……」

「っていうか、そもそも俺は付き合ってるものだと思ってたんだけどね。雨音先輩が俺の部屋に来てくれたことが返事の代わりだと思ってた」

目の前の景色がぱあっと明るくなったような気がした。

嘘みたいだ。もう嫌われてしまったかもなんて思っていたからか、感激のあまり目頭が熱くなる。

「何で泣いてるの」

「……うれしいのと、ホッとしたのとで……」

恋愛をしている自分が、こんなにも感情の揺れ動くタイプだとは知らなかった。かつて一度だけした恋愛では、こんな風に自分で感情をコントロールできなくなることはなかったのに。

きっと美景が知ったらびっくりすることだろう。「あの雨音が？」とか言われてしまうに違いない。

目頭から小鼻に向かって流れる滴を、人差し指の先で拭おうとすると、

「はい、拭いて。可愛い顔が台無し」

すかさずいっくんがボディバッグから四つ折りのハンカチを取り出し、こちらへ差し出した。

「ありがとう」

「これくらい、お安い御用」

ネイビーのタオル地のそれは、やわらかな手触り。いつもより少しだけ気合を入れたメイクが落ちないように、軽く目頭のあたりを押さえる。

「あー、困った」

借りたハンカチを丁寧に畳み直していると、いっくんが呟く。

「……どうしたの？」

「泣いてる顔の雨音先輩、めちゃくちゃ可愛いから……キスしたくなるなって」

「っ……」

大真面目な顔して何が困ったのかと思えば、また平然と歯が浮くような台詞を言い出した。

照れて固まる私に構わず、いっくんは内緒話をするときのように声を潜めた。

「ね、場所変えない？　キスしても大丈夫なところ、行こうか。……きっとキスだけじゃ済まなくなるけど」

「ば、ばかっ。またそういうこと言うっ……」

暗に示される内容に動揺して、つい声を荒らげてしまった。

「どうする、雨音先輩？」

私の反応を楽しみつつ、彼がテーブルに肘をついて視線で問いかけてくる。

判断を私に委ねるようでいて、言わせたいだけのいじわるな微笑が憎たらしいけれど、いっくんのくせに生意気――とは、もう言えなくなってしまったか。

今や可愛い子犬を演じていた彼よりも、こちらのオオカミな自然体の彼に親しみを覚え、愛してしまっているのだから。

「……行く」

完全に彼の思うつぼだと思いながらも、私は素直にそう言った。

「行く。行きたい。……いっくんの部屋に」

9

――それは俺が大学一年になったばかりの、四月のある日。

「あのっ、芸術鑑賞に興味ない？」

新入生ガイダンスの終わりごろ、彼女に講堂の外で声をかけられたときのことを、鮮明に覚えている。

芸術の類には全般的にうとく、興味もまったくといっていいほどなかった。それどころか、大学入試に失敗し腐りかけていた俺は、この鬱々とした気持ちとどう向き合っていくべきかで頭がいっぱいで、他のことなど考える余裕はなかったのだ。

祖父や父もＯＢである第一志望に合格確実のお墨付きをもらっておきながら、試験直前に運悪く風邪をひいたせいで本来の力を発揮できずに、あえなく撃沈。仕方なく入った滑り止めの大学がここだった。決して劣るレベルの大学ではないものの、祖父や父を含む家族が肩を落としているのを肌で感じた俺は、まるで地の底を這いずり回っているような気分になっていた。

大学生活は、就職までの消化試合のようなもの。何も期待なんてしていないし、ただ日々が過ぎていくのをじっと待つだけだ。

こっちの気も知らず無遠慮に誘いをかけてくるその人物に、俺は腹立たしささえ感じていた。

「ちょ、ちょっと待ってて っ」

無視して先を進もうとしたのを、その人物は袖を摑み阻んできた。

大学のサークル勧誘は結構激しいと聞いていたけれど、想像以上に強硬な手段を取ってくるものだ。さすがにやりすぎじゃないかと、相手を一瞥する。

「結構面白いよ、美術館巡り。私も最初はあまり興味なかったけど、サークルで回り始めてから楽しいなって思って。お願い！　よかったら、話だけでも聞いてくれないかな？」

これ以上は関わってくれるなというつもりで、攻撃的な視線を投げたにもかかわらず、相手はめげることなく早口でそう言った。

ナチュラルな黒髪のボブに、淡いブルーのトップスとブラックデニム。グラマーよりはスレンダーな体型で、花に例えるならユリやバラといった艶麗なイメージではなく、カスミソウのように親しみやすく素朴な可愛らしさの女性。

それらの風貌や上ずった声、抑揚の感じで、おそらくこの人物は普段こんな風に無理押しして話すタイプではないのだろうと推察できた。

「……美術館？」

訊ねたのは、決して美術館に興味が湧いたわけではなかった。この人は、どうして慣れないことをしてまで必死に勧誘をするんだろう、と微かな疑問を抱いたからだ。

俺から思いがけずリアクションを得て、手応えを感じたのだろう。その人は、何度も小さく頷きながら、嬉々として話し始めた。

「そう、美術館の特別展とか、じゃなくても誰かの個展とか。見に行きたいものを見つけてみんなで行って、意見を交換し合うような——あっ、意見って言ってもそんな仰々しいものじゃなくて、これがよかったねとか、こんな雰囲気が好きとか嫌いとか……そういう、気軽に感想を言い合う感じなんだけど」

いかにこのサークルが手軽に楽しめるものであるかを、その人は顔を紅潮させ、息継ぎさえも忘れながら一生懸命訴えかけてくる。

「私たちのグループは二年生しかいなくて、可愛い後輩が入ってきてくれたらいいなってずっと話してたんだ。みんな同じ学科で仲がいいし、気さくな人たちだから、すぐに馴染めると思うよ。活動の頻度もそんなにガッツリってわけじゃないから、他にバイトとかやりたいことがあっても全然問題ないし。むしろ、私もバイトしてるし。だから、どうかな？」

『どうかな』と訊き終えたあと、その人はやりきったと言わんばかりに大きく息を吸って吐いた。

——そんなに頑張って説明しなくてもいいのにと、つい笑ってしまう。

スルーを決め込むつもりが、わずかにだけれど好奇心に駆られてしまった。ならば、少しくらい話を聞いてもいいかという気になったのだ。

「じゃあ、話だけなら」

ほんの軽い気持ちで放った一言が、その後の俺の大学生活そのものに大きな影響を与えるなんて、全然想像していなかった。

◆◇◆

「――きゃっ、いっくんっ……！」

玄関の扉を閉めた途端、俺は強い力で雨音先輩を抱き寄せた。

「散々我慢したんだから、もうこれ以上は無理」

小さく悲鳴を上げる桜色の唇を自らのそれで塞ぎながら、扉に彼女の背中を押し付ける。

舌先で下唇をなぞり、少しずつ彼女の口腔に侵入していくと、強張っていた身体から次第に力が抜けていくのがわかる。

「……いつもそうやって素直に受け入れてくれたらいいのに」

彼女の口内をくまなく味わってから呟く。彼女が非常に恥ずかしがり屋であると知ったのは、こうやって唇や肌を触れ合わせるようになってからのことだ。

それまでは世話を焼いてくれる優しくて穏やかな人というイメージが強かった。いつも彼女のとなりにいたのがリーダーシップがあって賑やかな美景先輩だ。仲がいいゆえに、ふたりは俺の目には対照的に映っていたので、余計にそう思ったのかもしれないが。

「だって……恥ずかしいから」

「知ってる」

嘘がつけない性格は昔から変わらない。この人はすぐ思っていることが顔に出るのだ。

経験上、女性は歳を重ねるごとに嘘が上手くなっていくはずなのに、五年ぶりに会った雨音先輩はいい意味で当時のままだった。

「もう欲しい。……このまま、いい？」

「だっ、ダメっ」

俺の腕のなかにいる愛しい人は、とんでもないとばかりに首を横に振った。

「……お願い、先にシャワー浴びさせて」

「いいよ、そんなの」

「よくないよ。……その、綺麗じゃないから」

申し訳なさそうに視線を外す仕草が可愛い。彼女のこんな面映ゆそうな表情を見ることができるのは、世界中でただひとり、俺だけだ。

「雨音先輩はいつも綺麗だから、大丈夫」

「……またいじわる言って」

「そういうつもりはないんだけど」

事実、そう思ったから口にしただけだ。

それがいじわると取られてしまうのは、俺自身に原因があるとわかっている。彼女を煽る軽口を叩いては、その反応を窺って楽しんでいるような人間だから。

言い訳をさせてもらえるなら、雨音先輩のせいでもあるのだ。彼女があまりにも純でストレートな反応をくれるものだから、つい無理を通したくなる。

そのまんま、好きな女の子をいじめる心理だ。無論、もうとっくにそんな歳ではないと重々承知している。

「初めてここに来たとき、浴びなかった気もするけど」

「だってそれは、お酒も入ってたし……そのときだけだから」

確かに、行為の前には必ずバスルームに行きたがっていたように記憶している。彼女曰く、潔癖なのではなく、俺に不快感を抱かせないためらしいが。

「俺は気にしないのにな」

「わっ、私は気になるの」

雨音先輩は被せるようにして反論すると、言おうか言うまいか少し迷うみたいな空白のあと、独り言のようにこう言った。

「……本当の意味で気持ちが通じ合ってから初めて、いっくんとこういうことをするわけでしょ。違うことで気を散らしたくないから」

この人は意図せずにそんな反則技を使ってくるのだから、性質が悪い。

いつも生真面目で年上然とした振る舞いをしてくるくせに、突然何の前触れもなく少女みたいに健気な台詞を放つなんて。

俺の負けだ。こんなに可愛らしいことを言われて無下にはできない。

「わかった」

俺は彼女の身体を抱く力を緩め、左手の小指に留まる金色を撫でた。彼女が身に着ける何かを彩れたらと、俺が贈ったものだ。

「――でもお預けを食らったままだとつらいから、なるべく早く戻ってきて」

「ありがとう。少しだけ、ステイね」

最後、冗談っぽく言い残した雨音先輩が、サンダルを脱いでバスルームに消える。この家の勝手は知っているはずだから、取り立てて手伝うこともないだろう。

俺はスニーカーを脱ぐと、彼女のサンダルとともに端に寄せ、寝室に向かった。

逸る気持ちを抑えるようにベッドに腰掛けたあと、彼女が最後に言った台詞を思い出し、笑いをこぼした。

――種明かしをしたあとだというのに、まだ子犬扱いされてる。

ほんの出来心で入ったサークルで、雨音先輩はさながら保護者のように世話を焼いてくれた。

「大学生活には慣れた?」「学科の友達はできた?」「授業はどう?」……挙げだしたらキリがな

いくらい、俺を気にかけ、話しかけてくれた。

事情を知った今なら、先輩もせっかく獲得した新入部員を失いたくない一心だったのだとわかるのだけれど、何かと構ってくれる彼女を意識し始めるのは時間の問題だった。

もっとこの人に近づきたい。この人に必要とされたい。

そんなあるとき、飲み会で雨音先輩が言った一言から、大きなヒントを得た。

『好きなタイプ？　うーん、ワイルドよりは可愛い系、かな』

彼女の好きな男性像に近づけば、振り向いてもらえるのかもしれない。そう思った俺は、次の日から彼女の理想とする男性を演じてみることにした。

好きな女性と結ばれるために自分を偽るだなんて、やりすぎじゃないかと引かれるかもしれないけれど、個人的にはそこまで特別なこととは思わない。それどころか、その手を使う人は多いと認識している。しかもほとんどは女性だ。俺自身がそういうアプローチをよく受けているから、胸を張って言える。

父が知人を介して持ってくる縁談や、父主催のパーティーで出会う女性なんかはまさにそうだ。これも『マルティーナ・ジャパン』の創業家に生まれた宿命として嫌々受け入れてはいるけれど、俺の立場を知って近寄ってくる女性というのは、例外なくみんな狡猾でしたたかだ。俺が物静かな女性が好きだと言えば寡黙になり、お喋りな女性が好きだと言えば饒舌になる。

彼女たちはきっと、俺に気に入られたいがために自分を曲げ、そのことに罪悪感や抵抗感など微塵も感じていない。欲しいものを手に入れるためなら手段を選ばないとでもいうように。

……ああ、そういえば最近もひとりいたな。俺を振り向かせようとなりふり構わず躍起になっていた女性が。

俺はその女性のシルエットを頭のなかに映し出しながら、数週間前のある夜のことを思い浮かべた。


「須藤さんも残業なんですね」

その女性——今井さんは弾むような声音でそう言うと、俺のデスクまでやってきた。

「はい。まとめておきたい資料があったので」

「よかった。ちょうど『ＣＬＤクリエイト』さんにうちのカタログを送るように言いつけられてて。あちらの営業担当さまの名刺、お借りできますか？」

「はい。データで送りますね」

パソコンを操作してメールの作成画面を開こうとすると、彼女は「あっ」と小さく叫ぶ。

「住所とお名前がわかればいいので、ファイルをお借りできれば」

「わかりました」

ファイルというのは、名刺をファイリングしている冊子のことを示しているのだろう。データのほうが煩わしくないだろうに、わざわざ冊子を指定してくるのに引っかかりつつも、追及するほどのことでもなかったので、デスクの右上の引き出しからＢ６サイズの冊子を取り出した。椅子から立ち上がり、彼女に差し出す。

「どうぞ」

「ありがとうございます――あっ」

彼女がふっと表情を緩ませ、冊子を受け取るためにこちらへ一歩踏み出したところでふらりとよろけた。咄嗟に彼女の腕を摑んで支える。

「大丈夫ですか？」

「は、はい、すみません」

はにかんだ笑みを浮かべてから、今井さんは冊子を小脇に抱えた。体勢が整ったのを確認してから、摑んでいた彼女の腕を離す。それを少し残念そうに視線で追いながら、彼女が囁く声でこう提案してきた。

「……須藤さんのほうはどれくらいで終わりそうですか？　よかったらこのあと、お疲れさま会しません？」

彼女が俺に対して、異性としての興味を抱いていることにはとっくに気付いていた。自惚れでも何でもなく、そういうのは態度で伝わってくるものだ。例えば、今みたいにわざと転びそうになるふりをしてみたり、とか。

とはいえ、俺自身は今井さんを特別視したことはないし、これからする予定もない。いや、雨音先輩にも黙っていたけれど、苦手ですらあった。とはいえこのとき、自分のなかでもその明確な理由はまだ把握しかねていたが。

「ごめんなさい。今日はちょっと厳しそうですね」

「ですよね、急ですもんね。いつなら平気そうですか？　私、須藤さんのためならいつでも予定空けちゃいます」

無難に流したつもりが、約束を取り付ける流れになってしまって内心で苦笑する。

職場ではあまり波風を立てたくないけれど、こうなってしまったのならはっきり断るしかないのかもしれない。

「すみません。ふたりきりというのは、ちょっと。僕、好きな人がいるので」

「櫻井さんですよね」

まるで既に知っているような口ぶりの彼女に、一瞬たじろいでしまった。

雨音先輩がわざわざ今井さんに話すとも思えない。ならばどうして知っているのだろう。

「須藤さん、よく櫻井さんのこと見てるから、そうかなと思って」

「……ええ、その通りです。だからごめんなさい」

疑問はすぐに彼女本人が解消してくれた。気付いているなら話は早い。

「私の入る隙って全然ないですか？」

「ないですね」

俺はソフトでありつつ、でも希望を持たせないように言った。

「はっきり言うんですね」

驚きと笑いが半々ずつの応答には、自分を拒絶されたことを不快に思うニュアンスも含まれていた。

「少しは迷ってくれてもいいんじゃないですか？　私、モテないわけじゃないんだけどな」

控えめな体の傲慢なアピールを受け、目の前の彼女に視線を注ぐ。

甘さのあるルックスとファッション、発声。そして媚びたような上目遣い。本人がそう主張する通り、いかにも男受けしそうな容姿と話し方だ。彼女みたいな女性と付き合いたいと思う男も多いのだろう。けれど。

「僕、よそ見はできないタイプなので」

「つまり、櫻井さんと付き合ってるってことですか？」

今井さんが訊ねたのは、できれば俺が訊かないでほしいと思っていたことだった。

俺と雨音先輩は付き合っている——はずだ。でもそれは、俺の強すぎる気持ちによって成り立っている可能性も否定できない。雨音先輩がどんな気持ちで俺の告白を受け入れてくれたのかがわからないからだ。もちろん、それを承知でのことではあるのだけれど。

「……もしかしたらまだ、僕の片想いかもしれないですけどね」

弱音を吐くつもりなどはなく、ただ単に事実を伝えた。つもりだった。

ところが、相手はそうは受け取らなかったらしい。

「こんなに素敵な人を差し置くなんて、櫻井さんも見る目がないですね。……私なら、ずっと須藤さんのほうだけを見ていますよ。だから櫻井さんじゃなく、私と向き合ってもらえませんか」

今井さんのような女性からこう訴えかけられたら、まんざらでもないというのが普通の男なのだろう。けれど彼女の目が真剣であればあるほど——声音が熱心であればあるほど、俺の心は冷めていく。

「あなたは僕の何を知っているっていうんですか？」

わずかに今井さんの瞳が揺れる。

「毎日会社で須藤さんを見ていればわかります」

「それが僕の本当の姿だとでも思ってます？」

滑稽だ。半笑いで訊ねる。

彼女が知っている俺は、俺自身がプロデュースした自分だ。よそ行きの自分。それも、雨音先輩に好かれたいがために装っていた人格。その俺を好きだと言われても、まったく心には響かないのに。

「……え。何言ってるんですか」

怪訝そうに訊ねる彼女の声は媚びや抑揚が剥がれ落ち、一オクターブ低いものだった。普段オフィスにいる彼女が誰かとこのトーンで話しているのを聞いたことがない。

それでようやくわかった。どうして俺が今井さんを苦手なのか。彼女は俺によく似ているのだ。

彼女も他人の前で偽りの自分を作って接している。同族嫌悪というやつなのだろう。

「いえ、何でもないです」

だからといって今井さんを咎めるつもりはないし、同じ穴の狢である俺にはその資格もない。

「──名刺、使い終わったら適当に返しておいてください」

これ以上話すことはないと示すように会話を打ち切ると、俺は椅子に座り直してパソコンに向かった。


……まさか今井さんが、雨音先輩に俺と付き合ってるなんて話を吹き込んでいるとは思わなかった。どうりで雨音先輩の様子がおかしかったわけだ。

あのとき女性としてのプライドを傷つけてしまったのだろうか。それに腹を立てて嘘を吐いた？

好意を受け入れられないことを申し訳ないとは思うが、また大切な人の不安を煽るようなことをするようであれば、こちらも考えなければいけない。

「いっくん」

そんなことを考えていると、寝室の扉が遠慮がちに開いた。

身にまとっている黒い半袖のワンピースは、スウェット地で着心地がよさそうに見える。週に一回うちで過ごすならと、駅前の商業施設で購入した部屋着。柄がなくふくらはぎまでの丈でストンとしたシルエットは、シンプルが好きな雨音先輩が自分で選んだものだ。

顎の下でやや内向きの曲線を描く毛先は、ドライヤーで乾き切れていないらしくまだ少ししっとりとしている。

「お、お待たせ」

「うん、待った」

笑いながら頷くと、彼女はちょっと困った風に眉を下げた。

「ごめん。急いだんだけど」

「冗談だよ。先輩って意外と真面目に受け取るよね」

俺が可愛い系に擬態していたときは、他の先輩と一緒に俺をからかっていたくせに、自分のほうは耐性がないようだ。

「だ、だって待ったって言われると、悪いと思うから……」

顔が赤くなっているのは、シャワーの後だからなのか、それとも羞恥のためか。どちらだとしても可愛いことには変わりないから、まぁいいか。

「ならこっちに来て」

俺が座ったまま両手を広げて呼び迎えると、彼女は素直に俺のすぐ傍までやってきた。

俺を見下ろす二重の瞳には、さきほどまでもそうだったように、うっすらと微細なラメが光っている。彼女はいつも行為の前のシャワーでは化粧を落とさない。

『可愛さではいっくんに敵わないから、それが最低限の礼儀かと思って』

ちっともそんなことはないのに。どんな雨音先輩でも魅力的だと思うし、むしろ彼女の素顔を見られる立ち位置の男でありたいと思う。

そのままを伝えたら、やっぱり恥ずかしがられてしまったので、彼女のガードが緩んだころにもう一度頼んでみるつもりだ。

「ほら、雨音先輩」

両手を広げたまま彼女の名前を呼んで促すと、俺が何を求めているのかを察したらしい。彼女のほうも、ちょっとぎこちなく両手を広げると、身体を屈めて俺の首元に抱きついてきた。

「……今の、すごくそそられた」

「あっ」

いつもは落ち着き払った彼女の照れた仕草に愛おしさが込み上げる。俺は彼女の両手首を掴むと、そのまま身体を反転させてベッドに押し倒した。彼女の脚の間に膝を着き、その身体に乗り上げるみたいにしてキスをする。

玄関で交わしたよりも丁寧で濃厚なキスを交わしていくうちに、彼女の手首から力が抜けていくのがわかる。舌同士を擦り合わせ、唇を何度も押し付けては離すを繰り返す。彼女の唇の感触が恋しくて、まるで何かに取りつかれているかのように、何度も、何度も、飽き足らずに求めてしまう。

「は、げしっ……息、できなっ……」

「まだ足りない。もっとキスしたい」

雨音先輩はキスしているときに息をするのが難しいと言っていた。何のことはない、鼻で呼吸すればいい話なのだけど、唇を重ね合わせているときはそれ自体に意識が集中してしまって、余裕がないというのだ。

それでも俺の求めに一生懸命に応じてくれようとするのが可愛いし、そのいじらしい姿に身体の芯が熱を持ち始めるのを感じる。身体の中心から遠い部分で触れ合っているだけなのに――いや、だからこそ、彼女のことが欲しくなる。

もっと彼女を感じたい。乱暴な表現をするなら、彼女のすべてを奪い尽くし、自分のものにしてしまいたい。

「はぁ……いっくんっ……」

「蕩けた顔も可愛いよ」

熱烈な口付けでくったりとしている雨音先輩。職場で見せる大人っぽく真面目な表情とは対照的なそれに、ぞくぞくとした悦びが湧き上がった。

「雨音先輩は首が弱かったよね」

きっと彼女自身も、俺に触れられるまでは気が付かなかったのではないだろうか。直接的な場所以外でも、触れ方によっては官能的な心地よさを得られるのだということを。

わざと愛撫する部位を口に出してから、彼女の首筋に唇を這わせた。最初はキスをするように啄んでから、舌先で舐めたり、吸い付いたりする。

「んんっ……」

「気持ちいい？」

「ん……」

身を捩り、白い喉を見せながら微かに頷く。恥ずかしがり屋の彼女は、快感を積極的に認めることに罪悪感を覚えるらしい。従順に反応するのをはしたないと思っているのだろう。そんな奥ゆかしいところも、彼女を好きな理由のひとつだ。

――でも、やっぱり彼女の口からはっきり聞きたい。俺の愛撫に欲情し、昂っているという事実を。

「ちゃんと教えて。雨音先輩が気持ちいいと思うことをしたいから」

耳元で囁くように促しつつ、また首筋にキスの雨を降らせる。時折きつく吸い上げると、赤く痕が残る。一ヶ所、二ヶ所。花びらのような模様が肌に咲くたびに、その場所を指先で撫でる。

「ぁっ……気持ちいい……」

望む言葉を引き出せた満足感から、もう一度首元に口付け、しるしを付ける。

「いっぱい残ったらごめん」

笑み交じりに謝りながら、実は残す気満々だった。彼女が俺のものである証拠を、身体に刻みつけたくて。

「脱がすよ」

被りになっているワンピースの袖を抜き、取り払う。下着を身に着けていなかったために、女性特有の曲線が余すところなく露わになった。

「あんまり……見ないで」

明かりの下でじっくりと見られるのはまだ慣れないのだろう。雨音先輩は両手で自身の身体を隠すように覆った。羞恥と困惑とが綯い交ぜになった瞳が、気まずそうに揺らめく。

「恥ずかしいから？」

そうだとわかっていながら敢えて訊くのは、彼女のリアクションを確かめたいからに他ならない。

思った通り、彼女は少し潤んだ瞳で頼りなく頷く。

「そう。じゃあ、恥ずかしさなんて忘れるくらい、よくしてあげる」

Tシャツを脱ぎ、デニムのジッパーを緩めて自身の衣服も脱いでしまうと、彼女の胸に口付ける。既に先端が主張し始めているその場所を優しく吸い立てると、彼女は背中を浮かせることで快感を訴えた。

「もうこんなに尖らせて……キス、そんなに気持ちよかったんだね」

「んっ、あぁんっ……！」

胸の頂を舌先で愛撫しながら、もう片方の膨らみの輪郭を撫で擦る。

彼女の胸は張りがあるのにやわらかく、いつもボディーソープとは違う何か甘い香りがする。その香りにあてられると、頭のなかがぼんやりとして、胸を打つ鼓動が速くなるのだ。まるで、上等な酒に酔ったときみたいに。

もう片方の頂を食みながら、片手が下へ下へと降りていく。期待で濡れそぼり、戦慄《わなな》くその部分を人差し指の先ですっと撫でる。

「こっちも濡れてるね」

指先を温かくてとろとろとした蜜が濡らす。わざわざ目視するでもなく、その場所に潤いが満ちているのがわかる。

「……言っちゃやだっ……」

「だって、こんなに涎垂らしてるから」

決してオーバーでなく的確な表現だと思う。彼女の秘裂は物欲しそうに舌なめずりをする唇そのものだ。こらえきれずに涎を溢れさせ、早く食べたいとばかりに強欲に打ち震えている。

「あぁっ……！」

秘裂をなぞるだけのつもりが、勢い余った指先は膣内に呑み込まれてしまう。彼女のほうも、予想していなかった突然の刺激に、戸惑いと歓喜の声を上げた。

「あんまりにもぐちゃぐちゃだから挿入っちゃった」

「はぁっ、やぁっ……挿れたり抜いたりしないでっ……！」

「そうしないと気持ちよくなれないのに？」

人差し指を根元まで押し込み、抜いてを繰り返すうち、雨音先輩の声が湿り気を帯びてくる。

「――あとで俺がすぐ馴染むように、慣らしておかないとね」

指先で膣内を擦りながら、彼女が抜群に反応する突起を弄ってみると、案の定、途切れ途切れに切ない声がこぼれる。

俺は内壁を擦る指を二本に増やし、弱い場所を重点的に攻めることにした。親指の腹で突起を捏ねることも忘れない。溢れる滴りで滑る粘膜を刺激されると、よほど強い快楽が生じるのか、その快楽から逃れるみたいに身体を緊張させ、脚を閉じようとしてくる。

「どうして？　イきたくないの？」

「わ……私ばっかり気持ちよくなっちゃってるからっ……」

上目遣いで俺を見つめる雨音先輩の顔は、熱に浮かされているようにうっとりとしている。その目つきについ今井さんを連想したが、意図的にしているそれとは別の破壊力があって、たまらず情欲が疼いた。

「いっぱい待たせたし、いっくんもここ、つらいでしょ……？」

彼女の手が、俺のボクサーパンツの膨らみに伸びた。解放のときを待ちわびるように張り詰めたその部分をひと撫でされると、びくんと腰が跳ねてしまう。

「上手じゃないけど、私も、してもいい……？」

「そんなに可愛くねだられて、断れるわけないよ」

雨音先輩が自分から愛撫したいと言い出したのは初めてだった。うれしい誤算に口元が綻ぶ。

「すごいね……下着の上からでも熱い」

さらさらとした布地の上を、彼女の温かい手のひらが往復する。俺自身の形を確認するように膨らみの上から下、下から上へと、くすぐったいような、むず痒いような感触を残していく。

「熱いし、どんどん硬くなってく……」

そのしなやかな指先で触れられるたびに、俺のそれは布地の下で質量や硬度を増していく。

「遊んでないで、直接触って」

好きな人が触ってくれているというだけで容易く反応する自分が恥ずかしかった。冗談めかして先を促すと、雨音先輩は両手を使ってボクサーパンツを擦り下げる。

「っ……」

彼女が息を呑んだのがわかった。

ぶるん、と跳ねるように露わになった俺自身は、膝を付いて腹ばいに近い姿勢であるにもかかわらず、重力に逆らい天井を向いている。鈴口からは昂ぶりの証が透明な珠をつくり、先の割れた部分を伝うようにひとすじ零れ落ちた。

「もう、こんなに……」

「雨音先輩がそうしたんだよ。ちゃんと最後まで責任取ってもらうから」

軽口を叩きながら、彼女への愛撫を再開することにする。片膝を開いてもらい、俺自身は彼女の体側に頭の位置を変えて、お互いの秘所に触れやすい体勢にした。膣内を探る指を三本に増やし、いつも彼女が激しく身を捩らせる場所を重点的に攻めていく。

「あっ、膣内やぁっ……かき混ぜないでっ……！」

「雨音先輩の『いや』と『やだ』はあてにならないんだよね」

感じているときの彼女は本当に素直じゃない。俺はからかうように言った。

「だってっ……ぁ、ああっ……ダメっ……！」

「そうそう、あと、『ダメ』と『やめて』も」

そういう類の言葉をすべてひっくるめて『気持ちいい』と脳内変換しているから、何ら問題はないのだが。

「手がお留守になってるよ。先輩もして？」

「う、うんっ……」

与えられる感覚にいっぱいいっぱいになってしまっていたらしい。俺の言葉に彼女のほうも再び手を動かし始める。

興奮で張り詰めたものを指先で包み、ゆっくりと前後させる。時折括れの部分や切っ先の割れた部分を撫でられると、違った刺激が下肢に走る。

「ご、ごめん……もっとちゃんとできたらいいんだけど……」

具体的にどのようにしたら気持ちよくできるのかを、詳しく知らないような口ぶりだった。実際、彼女の技巧はお世辞にも優れているとは言えないが、逆にその稚拙さに駆り立てられるものがある。

「気持ちいいよ。すごく」

「本当……？」

俺が頷きを返すと、ちょっと安心したように頬を緩ませた。

彼女が俺に触れてくれるだけで有頂天なのだ。それ以上望むものなどない。

「先輩に負けないように俺も頑張らないと」

「あぁ、ああっ……！」

お互いの手元からぐちゅぐちゅと淫らな水音が響いている。聴覚さえも劣情で侵されていくのを感じながら、俺は赤く勃ち上がる突起を親指で軽く圧し潰す。

「それ、ダメっ――それ、頭変になっちゃうっ……！」

「先輩が何をしたら気持ちよくなれるか、もう全部わかってるんだから。イっていいよ？」

「あ、ああ、あっ！」

三本の指で膣内を掻き回すことも忘れない。強烈な快感に酔わされながらも、先走りをまとった雨音先輩の指先は、少しでも俺を悦びで満たそうと性戯を続けている。

粘膜への直接的な愛撫は、いとも容易く快楽の果てに追いやることができる。彼女も俺も、触れられた場所から絶えず送り込まれる甘美な感覚に、陥落寸前だった。

「――んぁあああっ……！」

先に落ちたのは雨音先輩だった。悲鳴のような喘ぎとともに、彼女の指先が欲望に滾る俺自身から遠ざかる。同じとき、出し入れしていた俺の指先を包み込む媚肉がきゅうっと締まり、その後弛緩した。

「……やらしい声。ぞくぞくした」

肩で息をする先輩の額にキスを落とす。今まさに上り詰めたばかりの彼女は、その微かな刺激にさえも背中を震わせていた。

「さっき、俺の指を強く締め付けてたの知ってる?」

「っ……」

「イったとき」と付け加えると、彼女は至極恥ずかしそうに視線を俯ける。その仕草がたまらなく可愛い。

「私だけ先に……ごめんね。あの、続き」

申し訳なさそうに再び下肢へと手を伸ばしてくる先輩に、俺は首を横に振った。

「このまま指でしてもらうのもいいけど……やっぱ俺、雨音先輩の膣内に挿れたい」

早く彼女を味わいたい。彼女の膣内を、俺で満たしたい。

「……いい?」

「うん、来て……」

誘うような妖艶な眼差しにくらりとする。彼女は普段、どうやってこの色香を隠しているというのだろう。

吸い寄せられるように彼女の額に自分のそれを触れ合わせ、唇を奪った。

本音を言うなら、避妊具なしで行為に及びたい。

極限までの薄さを謳う品物だとしても、あるのとないのでは決定的な違いを感じるからだ。

けれど、そこは理性を働かさなくてはいけないのだと理解している。雨音先輩を大切に思えばこそ、彼女のためにも物理的な隔たりは必要だ。

「こんな感じ……？」

ベッドの上。俺の膝の間で、雨音先輩が前屈みになりながら避妊具を装着させてくれている。

「慣れてきたね」

最初のころは失敗して上手くいかないこともあったけれど、今日は比較的すんなりと着けることができた。俺はこちらを窺う彼女の顔を見下ろして言った。

「これで使い切っちゃうね。またあとで買いにいかないと」

今、装着しているこれが最後の一つだ。夜明けまではまだ長い。

「……で、できたら私がいないところで買ってくれるとうれしいんだけど」

「どうして？」

「どうしてって……それは」

照れた様子で雨音先輩が俯く。もちろん、その理由は言わずもがなだ。

「――レジの店員に、俺たちのセックスを想像されちゃうから？」

耳元でわざと思わせぶりに訊ねると、彼女は顔を赤らめつつ少し怒った風に口を開いた。

「っ……わかってるなら訊かないでっ……」

「ごめん。でも雨音先輩の反応が可愛くて、つい」

その顔が見たいがためにわざと煽っているのだ。笑いながらそう言い、脚を投げ出す形で座り直す。

「俺の上に座って」

「いっくんの上に？」

「うん」

普段とは違う展開に、彼女は少し戸惑っているようだった。

「大丈夫。俺のが雨音先輩の入り口に当たるように、腰を落としてくれたらいいから」

「……わ、わかった」

言われるがままに、彼女は恐る恐る俺の身体を跨いで膝を付き、抱き合うような形で腰を落とした。

「……んっ、挿入ってくるっ……」

「そのまま体重かけて──そう」

「んんんっ……！」

艶やかな潤いに満ちた入り口が、屹立したものを少しずつ呑み込んでいった。猛々しく反り返ったそれが媚肉を掻き分け、奥へ奥へと誘い込まれていく。

「いつもと違うところが当たってるんじゃない？」

「んっ、そうっ……奥のところ、擦れてっ――あっ、揺らさないでっ……！」

「揺らすのがいいの？」

「あぁっ、ダメ、それダメっ！」

つながった場所が擦れるように腰を揺すってやると、彼女は切羽詰まった声を出して快感を訴える。

「弱いところに響く？」

「ふあぁっ――弱いとこっ、いっぱい響いて……んくぅ、また、変になるっ……」

この体勢なら、彼女の膣内で一番感じるポイントをガンガン攻めることができる。その証拠に、まだ挿れたばかりだというのに彼女の声は既に蕩けていた。

「はぁっ……先輩も動いてみて。気持ちいいところに当たるように」

彼女の双丘をがっしりと掴み、小刻みな抽送を続ける俺は、首元に抱き着く彼女を見上げてそう促す。

彼女は視線で頷くと、ぎこちなくも前後に腰を動かし始める。次第に、大きな悦びに直結する角度を把握したようで、膣内で擦れるたびに濃艶な吐息がこぼれるようになる。

「そこ、イイんだ？」

「……うん、イイっ」

腕のなかで、素直かつ率直な返事が返ってくる。羞恥がそぎ落とされてきたということは、かなり深い快感に浸っているのだろう。

「俺も気持ちいいよ。油断したらすぐイっちゃいそう」

まだまだ彼女の膣内を味わっていたくて、どうにか理性を保っている。何かの弾みでリミッターが外れてしまえば、貪欲に愉悦を追求して、すぐにでも果ててしまいそうだった。

「……ね、雨音先輩、訊いていい？」

ほんの少しだけ、強い享楽から意識を逸らしたくて、動きを止めてそう訊ねる。

「な、に？」

「さっき、何で俺の……気持ちよくしてくれたの？」

どうしてそんなことを訊くのかとでも問うように、目の前の彼女が小さく首を傾げた。

「普段、先輩は自分からそういうことするタイプじゃないのに」

そもそも、こういう行為自体にあまり積極的ではなかった。よほどつまらない男と付き合っていたらしく、身体を重ねる悦びや幸福感というものを、あまり知らないようだったし。

「…………」

雨音先輩はほんのちょっとだけ黙り込んだけれど、すぐに意を決したように口を開いた。

「いっくんにはいつもリードしてもらってて……私は、受け身でいるばっかりだなって、気付いたから」

これだけ顔が近いのに視線を外しているのは、気恥ずかしいからなのだろう。彼女が続ける。

「カフェで……私からデートに誘ったのが、うれしかったって言ってくれたでしょ。だから、これで合ってるんだって確信が持てた。今度は、私からも積極的に行こうって——その、いろいろと」

つまり、さっきのあれは、いろいろと——の一環だったというわけだ。

胸の奥に、心地よい痛みが走る。

「ありがと、雨音先輩。めちゃくちゃうれしい」

もともと俺の独りよがりな気持ちでしかなかったのはわかっていた。けれど、こうして想いが通じて、雨音先輩が俺を好きになってくれて——歩み寄ってくれることが何よりうれしい。

「——ごめん、もうセーブきかないや」

「っ！」

やっとのことで保っていた理性が、乾いた音を立てて崩れた。気がした。

俺はつながったままに彼女の上体を押して覆いかぶさると、その両手を摑んで押さえながらしゃにむに突き上げる。

「あ、ああっ、いっくんっ——」

「好きだよっ……雨音先輩」

彼女の身体を貫くたびに、激しい悦楽が押し寄せては引いていく。まるで、寄せては返す荒波のように。

「私も……いっくんが好きっ……！」

見上げる彼女の瞳がキスを乞う。俺は今日何度目かもわからない口付けを、その愛らしい唇に落とした。

肌と肌のぶつかり合う音が、寝室内に思いのほか大きく反響している。雨音先輩の膣内を抉る間隔に合わせて、不規則なリズムを刻む。

自分自身が予想していた通り、最後の一線を踏み越えてしまったらあとは頂上に向かって一直線だった。痛いくらいに張り詰め、質量を増したそれをひたすらに突き立て、ぎりぎりまで引き抜いてはまた押し込む行為に没頭する。

雨音先輩の膣内で果てたい。思考は本能によって支配されていた。

「もう、出るっ……先輩、一緒にっ……」

手首を摑んでいた両手の指先を、彼女のそれに絡ませる。指先の当たる甲の部分を強い力で握ると、同じように握り返してくれた。

「うんっ……ぁ、はぁっ……来る、来ちゃううっ……私っ……！」

いよいよ限界を迎えたらしい彼女の身体の奥深く、暴発寸前の怒張と擦れ合う内壁が、そこに詰め込まれた欲望を吸い上げようと激しく収縮した。その刹那。

「――あぁぁあああっ……！！」

鼻にかかった甲高い声とともに、膣内が痙攣する。その刺激を合図にして、俺も薄い膜越しに白濁したものを解き放った。

「さっきはごめん、最後全然余裕なくて……突っ走っちゃったかも」

気だるい身体をどうにか起こし、ふたりでシャワーを浴びたあと。再び部屋着の黒いワンピースをまとい、ベッドに腰を下ろした雨音先輩と肩を並べ、そう謝った。

「ううん、大丈夫だよ。私も……その、気持ちよかったから」

今度は時間をかけてしっかりと乾かした髪をいじりながら、彼女が照れくさそうに呟く。

「セックス、好きになったでしょ？」

「またそういうこと訊く」

以前、俺が一方的に彼女に立てた誓いが守られたかどうかを、確かめたくなったのだけど、答えにくい質問を投げかけられた雨音先輩は、傍にあったふたつの枕のうちのひとつをむんずと摑み、俺の胸元に投げてよこした。

「否定しないってことは、そうなんだ」

枕を受けとめつつ、いじわるを承知で問うてみる。

「知らない」

「忘れちゃった？　さっき、先輩のほうからも積極的に行くって話したばっかりだよ」

つっけんどんに答える雨音先輩に、ついさきほど交わしたばかりの会話を持ち出してみる。

「そ……それってこういう話にも有効なの？」

「当然」

俺は大きく頷くと、枕を定位置に戻しながらずばり言ってみせた。

「……誰でもいいわけじゃないからね」

すると、雨音先輩は観念したように短く息を吐いてから、ぼそぼそ声で続ける。

「他の誰かじゃダメなんだから。相手がいっくんだからそう思えるの。……って、こんな恥ずかしいこと言わせないでよ」

ちらちらと不自然なほどに視線を彷徨わせ、最終的には背を向けてしまった彼女の所作は、それが彼女にとって紛れもない真実であることを物語っている。

この人はどこまでも俺を虜にするのだからずるい。愛おしさが込み上げ、彼女の背に顔を埋めながらその身体を抱きしめる。

「いっくん……」

「俺も一緒。ありがとう」

スウェット地に頬を擦りつけると、彼女の香りが濃くなった気がする。

俺だってそうだ。誰でもいいわけじゃない。

雨音先輩との接点が薄れ、彼女とつながるための糸が完全に断ち切れたと絶望したとき、彼女を忘れるため近寄ってきた女性と関係を持ったことが何度かあった。でも、誰と身体を重ねても心身ともに満たされることはなかった。

他の女じゃダメなんだ。雨音先輩だから抱きしめたいし、傍にいてほしいと思えるのだということに、そのとき気が付いた。

「もうさ――正真正銘の恋人同士なわけだし、『雨音先輩』っていうの、やめない？」

数時間前にカフェで彼女に言われた言葉を思い出し、彼女の上体に回していた腕を解いた。

以前からそうしたいという気持ちがあり、タイミングを計っていたところだったのだけど、まさか彼女のほうも同じことを考えていて、しかも悩みの種になっていたとは思わなかった。

「うん。……そうだね、彼氏に先輩って呼ばれるのも変だもんね」

再びこちらを向いた彼女が相槌を打つ。『彼氏』という単語に心が躍り、顔がにやけてしまいそうなのをどうにか堪えた。

「『雨音さん』とか？」

「悪くはないけど、先輩って呼ばれてるのとあんまり差がない気もする」

――なるほど、それもそうか。

「なら『雨音《あまね》』？」

呼び捨てで呼んだ直後、言い表せないくらいの幸福感と少しの罪悪感が湧き上がる。後者は長年にわたる上下関係によるものなのだろうが、呼び方ひとつでこんなにも心持ちが変わるものだとは。

「な、何か、急にカップル感出て緊張するね」

きっと彼女も似たような感覚に陥ったのだろう。思わず左胸を押さえたりしている。

「じゃそれでいこう。いいよね、雨音？」

いざ呼んでみると、その響きには甘やかで心地よい痺れが含まれているのを感じる。

俺が訊ねると、彼女——雨音は首まで赤くしながら頷いた。

「い……いいけど、慣れなくて違和感がすごい……」

「呼び捨ては嫌？」

「嫌とかじゃないよ。……距離が近くなったみたいで、むしろうれしい。すごく」

「いっぱい呼んでくうちに嫌でも慣れるから平気だよ」

ふたりで過ごす時間を重ねるほどに、意識せずとも生活に溶け込んでいくだろう。俺は雨音の黒く艶やかな髪を一房掬い、指先で撫でた。

「いっくんは……どうする？」

「俺？」

「うん。『いっくん』だと、今までと一緒だから……名前で呼んだ方がいいかな？」

そのほうがいいのかもしれない。が、大学時代のあだ名で呼ばれ慣れてしまっているせいか、名前で呼ばれるイメージがまったく湧かない。

「雨音がそうしてくれるなら。呼んでみて」

期待を込めて彼女にお願いしてみる。白状すると、呼びながら照れる彼女の顔が見たいといういたずら心がそうさせたのだけれど。

「……いく、み？」

ところが、思惑に反して照れてしまったのは俺のほうだった。

これまで自分の名前に特別な感情を抱いたことなんて一度もなかったのに、雨音が呼んでくれるというだけで、その三文字がとても特別な意味を持った言葉に思えてくるから不思議だ。

「……ヤバい。これ、想像してたより何倍もうれしい」

「郁弥、耳が赤いよ。もしかして照れてる？」

「自分でもめちゃくちゃ意外なんだけど、そうみたい」

彼女に指摘されたのと、再び名前を呼ばれたのとで余計に恥ずかしくなった。ただ名前を呼ばれただけなのに過剰に反応するなんて、学生かよ、と。

「郁弥のそういうリアクションって新鮮かも。いつも私ばっかりあたふたしてるみたいだったから」

そんな俺の姿を、雨音はなぜか満足そうに眺めている。

「……楽しそうだね」

「楽しいよ。郁弥はいつも余裕綽々じゃない。だから、そういう狼狽してる姿って貴重だなって」

いつもと立ち位置が逆転していることに気が付いて、きまり悪さに軽く頭を掻いた。これでは、まるで大学時代に戻ったみたいじゃないか。

「ところでさ、もうひとつ提案があるんだけど」

内心の動揺を突かれる前に、俺はそれとなく話題を変えた。

「ここに填めるの、プレゼントしたいんだけど……いい？」

彼女の左手を取り、指先でそっと薬指を示して訊ねる。

「えっ、悪いよ。こっちだってもらったばっかりなのに」

こっち、と反対の手で、小指のピンキーリングを示す彼女が、こちらを見遣って申し訳なさそうに眉を下げた。

「ここが空いてると、誰かに盗られそうで不安なんだよね。俺のってしるしをつけておきたくて」

いつ誰が雨音の魅力に惹かれ、心奪われるかわからない。その結果、彼女を失う可能性だってある。そうならないためにも、予防線を張っておきたいのだ——これは、俺の勝手な願望なのだが。

「うれしい、けど、ここはいきなりすぎるっていうか……まだ、心の準備が」

嫌がるというよりは、慎重になっている雰囲気だ。

それもそのはず。俺は長年の片想いを実らせたばかりで、今後他の女性なんて目もくれない自信があるけれど、彼女はようやく俺の存在に気が付いてくれたばかりなのだから。

「それもそうだね。じゃあ、反対側の指でもいいよ」

左手の薬指はエンゲージリングやマリッジリングの意味合いが強い。同じ薬指でも、右手に着けるならニュアンスも和らぐから、普段使いもしやすいのではないだろうか。

「ありがとう。……是非、お願いします」

俺の指先が雨音の右手の薬指をなぞると、彼女はふわりとした優しい笑みを浮かべてくれる。

「うん。今度の展示会が終わったら、一緒に選びに行こう」

今月下旬から末にかけて、雨音の部署は大きな展示会に向けて大忙しのはずだ。展示会中は、休日も返上になるだろう。それが落ち着いたころにでも、ゆっくり選んだらいい。

「本当？　それを励みに頑張って乗り切ることにする」

はしゃいだ彼女の声を聞くと、それだけで心が華やぐようだった。

◆◇◆

カーテンの隙間から差し込む陽の光の眩しさに、意識が浮上する。

もう朝か。いつの間に眠りに落ちてしまったのだろう。

右腕には、心地よい温もりと重み。愛する人が俺に身体を委ね、可愛らしい寝息を立てている。

俺は少し上体を起こすと、しばらくの間、何をするでもなく彼女の無防備な表情を見つめていた。

こうして彼女の横にいるだけで、言葉では言い表せない満ち足りた感情が湧き上がるのだから不思議だ。

「う……ん」

そのとき、彼女が小さく寝言を発してから、薄く瞳を開けた。まだ焦点の合わない彼女の瞳と、俺のそれとがかち合う。

「おはよう、雨音せんぱ――じゃなかった、雨音」

大学時代からの習慣はそう簡単には抜けない。ついついいつもの癖で呼んでしまったあと訂正する俺に、彼女は小さく笑いをこぼした。

「私も『いっくん』って呼んじゃうところだった。……おはよう、郁弥」

俺の名前を呼ぶときに、ほんの少しだけ躊躇する間さえも愛しい。寝起きらしいやや掠れた声音も相まって、ドキドキしてしまう。

「今、何時くらい？」

「八時半すぎかな。結構寝ちゃってたみたいだね」

ベッドのフレームに置いてある時計を見ながら俺が言う。

わだかまりがなくなり、お互いにホッとしたのかもしれない。昨夜は夕食にデリバリーを頼んだあと、あれこれととりとめもなく話しているうちに、どちらからともなく眠りこけてしまったようだ。

「本当だ」

時刻を確認するために、雨音もゆっくりと身体をベッドから起こした。それから、何かを思いついたみたいに、

「郁弥は今日、これから何か予定はあるの？」

と訊ねる。

「いや。これといってないよ」

これまでも、彼女と会うとわかっている次の日には、なるべく他の予定を入れるのを避けていた。そうすることで、彼女と少しでも長い時間を過ごせる気がして——というのは、照れもあり本人には伝えてはいないけれど。

「雨音は？」

「私もないよ。……それで、もしよかったらなんだけど」

下を向いて、恥ずかしそうに彼女が切り出す。心なしか、声のボリュームが小さくなったように感じる。

「デート、しない？」

「デート？」

「うん。……その、どこかに出かけるようなデートがしてみたいなって考えてたから」

「ああ」

昨日、彼女が打ち明けてくれたことを思い出す。週末はこうして俺の部屋で会うばかりだから、それも彼女の不安の一因になっていたのだと。

俺としては、雨音と一緒にいられれば満足だったから、そこまで考えが及ばなかった。確かに、そう受け取られても仕方ないのかも——と反省した。

「よろこんで。雨音が行きたいところだったら、どこでもいいよ」

「本当？　うれしい」

俺の返答を聞くなり、彼女は大げさによろこんでみせる。そして、時計の横に置いていたスマホに手を伸ばした。

「どこに行こうかな。この辺はランチするところやお茶するところもたくさんあるし、映画館もあるし。少し足を延ばしてみてもいいよね」

周辺の情報でも調べるつもりなのだろう。スマホを操作しながらそう呟く彼女が、「あ」と発した。

「……本田から、矢藤グループにメッセージが入ってる。来月の中旬にあるイベントのお誘い、って」

「本田先輩から？」

つられて俺も傍に置いていたスマホを手に取り、内容を確認する。どうやら、本田先輩の知り合いがある展覧会の主催メンバーのひとりらしく、それをグループのみんなで一緒に見に行こう、というもの。

「そのころなら展示会も終わってるから、多分スケジュールも問題なさそう。郁弥は？」

「俺も大丈夫。またみんなで行けると思ってなかったから、楽しみ」

「そうだね」

雨音が大きく頷く。

久々のグループ飲み会は思いのほか懐かしく、楽しかった。きっと本田先輩もそう思ったからこそ、こうして同じメンツに声をかけてくれたように思う。

……それに、俺と雨音にとってはあの飲み会がターニングポイントになったわけだから、個人的にもグループの先輩たちとの交流は今後も大切にしていきたい。

「ねえねえ、郁弥。お腹空かない？」

本田先輩が入れたメッセージに対し、お互いに参加する旨の返信をしたあと、雨音が言った。

「空いたかも」

「簡単なものでよければ、何か作るよ」

「いいの？」

思わず声が弾んでしまう。

日々、自分のお弁当を作っている彼女は料理が上手い。ここでも何度か朝食を作ってくれたことがあったので、よく知っている。

「――あ、でも冷蔵庫の中身、ほとんど何もないかも」

「最近自炊してないいんだ。忙しいの？」

ちょっと心配そうに眉を下げる彼女に、笑って首を横に振る。そう言えば、美景先輩と三人で食事をしたときにそんな話題が出ていたっけ。

「余力があるときはしてるだけで、普段は買ってくることが多いんだ。特別忙しいとかじゃないよ」

「そういうことならいいけど」

世話焼きの彼女は、安堵の表情を浮かべてから、「でも」と続ける。

「外食ばっかりだと身体に悪いから、できるときはしたほうがいいよ」

「うん、気を付ける。ありがとう」

相変わらず、まるで保護者みたいだ。彼女らしいといえばらしいのだけど。

「……迷惑じゃないなら、私が作れるときは作るから」

「そうしてくれるとうれしい」

迷惑じゃないなら――だなんて控えめに言うけれど、俺にとってはとても魅力的な提案だ。そうしてほしいがために不摂生をしようかなんてずるい考えが過るほど。

「冷蔵庫の中身が心許なかったら、一度買い物に出てもいいしね」

昨日の記憶を手繰り寄せてみるけれど、めぼしいものは見当たらなかった。俺が言うと、

「うん。そうしよっか」

と、彼女も快く頷いてくれる。

「買い物行ってからご飯作って、食後のコーヒー飲んで、その間デートの行き先を調べて、支度して……うん、ゆっくりペースでもお昼前には出発できそうだね」

時計を見ながら計画を立てる雨音の表情が、少女みたいに無邪気で可愛らしい。俺が好きだと思う彼女の隠れた一面。これからもずっと、俺が独占できたなら最高だ。

「今日は、すごく楽しい一日になりそう」

歌うように言う彼女に相槌を打ちながら、俺も彼女と同じように、楽しくて充実した一日が過ごせるだろうことを確信していた。

エピローグ

九月中旬のある日曜日、私は都心にある百貨店に足を運んでいた。

そのとなりのビルの地下にあるギャラリーでは、美大卒で現在は一般企業に勤めながら趣味で創作活動を続けている人たちの合同展が開かれていた。就職して一度は芸術の世界と距離を置いたものの、恋しくなって再び絵筆を握ってしまうという人たちというのが結構いるらしく、そういった横のつながりによって実現に至ったのだとか。

この合同展を見に来ないかと声をかけてきたのは本田だ。どうやら、彼の友人の一人がこの催しの関係者らしい。本田自身もかつてはサークルで様々な作品を見て回っていたから、矢藤グループの面々にもお誘いが来たというわけだ。

メッセージアプリを通じ、本田はもちろんのこと、美景、小沢、そして郁弥と私が見に行くとの意思表示をした。地方住まいの梨央ちゃんだけは環境が環境だけに参加ができないとのことだったけれど、思わぬタイミングでまた大学時代の仲間たちとの集まりが実現したことになる。

待ち合わせ場所にちょうどいいということで、十三時に百貨店の正面玄関で合流し、そのまま最上階のレストランフロアで昼食をとってからとなりのビルへ向かう流れになった。

十二時四十五分。約束の十五分前に指定の場所に到着すると、そこには既に郁弥の姿があった。

「やっぱり早いね」

「もう習慣みたいなものだよ」

建物のなか、大きなガラス扉の先にある、往来する人々の邪魔にならないスペースを見つけて、彼とともに移動する。私が言うと、郁弥はこともなげに言った。

「たまには私のほうが先に着いてようと思うんだけど」

「そしたら俺もっと早く来なきゃいけなくなるじゃん。今のままでいいよ」

どうしても私を待たせたくないようで、郁弥は意図的に困った表情を作った。

取るに足らない些細な誓いだけれど、破らないでいてくれることで私のことを大切に想ってくれているのが伝わってきて、密かに胸が躍った。

「他のみんなは多分、集合時間ぴったりだろうね」

「うん。小沢先輩はむしろ遅れてきそうだよね」

「わかる。この間の飲み会もそうだったもんね」

矢藤グループのメンバーは、オンタイムギリギリで動いている人ばかりだ。つまり、あと十五分くらいは郁弥とふたりきりの時間を過ごせるというわけだ。

この一ヶ月というもの、展示会関係で忙しなく動いていた私は、ほとんど郁弥と過ごすことができなかった。

八月末にあれこれが一段落して疲れ果て、その翌週はずっと抜け殻のようになっていたけれど、週末にはいつも通りの元気を取り戻すことができた。

その理由が――

「これ、着けてみたんだけど、どうかな？」

右手の甲を彼の前に差し出して、反応を窺う。

二本のリングを重ね付けしたようなそれは、左手のピンキーリングに合わせたゴールド。郁弥が薬指に着けてほしいといって新しくプレゼントしてくれたものだ。

その日以来、外で着けるのは今日が初めて。会社に着けていきたいのは山々だけれど、薬指の指輪というのは意味深すぎる。前多さんあたりなら事情を知っているからスルーしてくれそうだけれど、変に突っ込まれたらうろたえない自信がない。

「すごくいいよ。雨音の雰囲気に合ってる」

「あ、ありがとう」

郁弥に褒められて、私は照れながらお礼を言った。

数ある指輪のなかからふたりで選んだのは、石のついていないデザイン。私の持っている服との相性や、飽きがこないテイストであることが決め手になった。そのほうが、ずっと着けていられると思って。

「私たちのことを知ったら、みんな驚くかな」

「驚くよりもよろこんでくれそう。この前の飲み会では応援してくれそうな感じだったし」

「そうだったね」

せっかくみんなで集まるということで、私たちにはある目的があった。それは、私と郁弥が付き合い始めたという報告をすることだ。

こういうことは改まってする話でもないのかもしれないけれど、私と彼とが結ばれるに至った要因のひとつに、矢藤グループ全員から後押しされたデートがある。きっかけを作ってくれたという意味では、その後の報告は必要だと思った次第だ。

それにしても、あの飲み会が七月上旬だったとは。そこからまだ二ヶ月くらいしか経っていないのが信じられないくらい、郁弥とは濃密な時間を過ごしたような気がする。

「あのとき小沢先輩が口を滑らせてくれたおかげで今があるわけだから、遅刻くらいは大目に見よう」

小沢本人の前では絶対にしない、やや大柄な言い方をするものだから、おかしくて笑ってしまった。

「『いっくん』はキャラでした、っていうのはカミングアウトするの？」

「さすがにそれはしなくていいかな、と思ってるけど」

郁弥自身に、それがやりすぎであったという自覚があるせいか、私の問いに対してばつが悪そうな顔をする。

「まあ、引かれそうだもんね」

私は軽い調子で頷いた。普通の人の正しい反応だと思う。

「今井さんなんかドン引きだったよ。コイツ何、みたいな目で俺のこと見てた」

そのときの彼女の顔を思い出したのか、郁弥がおかしそうに笑う。

そうだった。彼は私の他に、理子ちゃんにだけは本当の自分を匂わせたらしい。理由は、「俺のことをオトせると勘違いしてたから」。

彼から改めて理子ちゃんとの間に起きた出来事の一部始終を聞き、夜のオフィスでふたりが抱き合っていたという噂がただの噂に過ぎなかったことや、「郁弥と付き合っている」との宣言は、彼女の一方的な嘘であったことを知った。

理子ちゃんにこんな激しい一面があるとは意外だった。また彼女の裏の顔を知ってしまったようでしばらくの間は顔を合わすことが気まずいと感じたりもしたけれど、彼女のほうはどこ吹く風という雰囲気。郁弥が靡かないと知り、腹いせとばかりに私に嘘の情報を伝えたあとは、すっかり興味をなくしてしまったかのように個人的な接触がない。

仕事上の伝達事項などは以前のように人懐っこい笑み交じりに伝えてくれるのが、逆に怖いと感じているけれど、郁弥も表向きは笑顔の鉄面皮を被って普段通りに彼女と接しているようだし、まだ気にしているのは私だけなのかもしれない。

何はともあれ、今後は理子ちゃんからの干渉はなさそうなので、それはよかった。

「雨音だって引いたでしょ」

「んー、最初はね」

郁弥に初めて真実を告げられたとき、頭が真っ白になったし、何も考えられなくなった。それくらい驚いたということだ。それを引いたと表現するのなら、間違いなくそうだろう。

「でも、全部が全部キャラなわけじゃなかったし。それだけ私のことを本気で好きでいてくれたんだなって思ったら、そこまで気にならなかったよ」

例えばこうやって私よりも先に待ち合わせ場所に現れてくれる優しさは、可愛い『いい子』の『いっくん』に通じるところがある。彼をひとりの男性として好きになった今なら、どんな彼でも彼氏の『郁弥』として受け入れて、愛することができそうだ。

「すごい可愛いこと言ってくれるから、キスしたくなるじゃん」

そういう意図で発した言葉ではないけれど、郁弥の心には響いたらしい。直接的に進路の妨害になる場所ではないとはいえ、建物の外となかを行き来する人たちが多く通るこの場所で、彼が私の顎に手をかける。

「ひ、人が多いから、キスはダメっ」

さすがに不特定多数の人々に見られながらというのは抵抗がある。私は断固として拒否した。

「じゃ、ハグは?」

「ハグなら……まぁ」

諸手を挙げて賛成というわけではないけれど、キスを見られるよりはマシかもしれない。

答えてから、またこのパターンかと、してやられた気分になった。

最近ようやく気が付いたけど、郁弥は交換条件を出して自分の要求を呑ませるのが上手い。思い返してみれば、ピンキーリングも、デートも、この駆け引きで彼の思う展開に運ばれてしまっている。

いや。これはただ単に私が言い包められやすいタイプなだけ？

「OKもらえたから、ハグにするね」

私が前言撤回しないうちに、彼が私の背中を抱き寄せ、首元に顔を埋めた。九月とはいえまだ汗ばむ陽気なので、微かに肌に滲む汗が彼の鼻先に触れる。

「雨音の匂い、本当落ち着く」

「……もう、仕方ないな」

きつく私を抱きしめる彼の頭を撫でながら、やれやれとため息を吐いた。

……あれ？　結局のところ、子犬を構う飼い主みたいになってるのかもしれない。

「もうそろそろ約束の時間だよ。美景たちにこんなところ見られたらどうするの」

何も知らない彼らがこんなシーンを目撃したら大変なことになる。ぽんぽんと彼の後頭部に触れてから、彼の胸をゆっくりと押した。

「早く離れ――」

「あっ、雨音！　いっくん!?」

郁弥の腕を解いてガラス扉の外側に視線を向けたのと、その場所から美景が叫んだのはほぼ同時だった。私たちを指差して愕然としている彼女の後ろには、本田と小沢の姿もある。

……いいような、悪いようなタイミングでみんなと出くわしてしまったか。

「どうしよう、郁弥」

「開口一番に言うしかないね」

慌ててガラス扉を開け、三人が勢い込んでこちらへやってくる。それを横目に郁弥に耳打ちすると、彼は飄々と言ってのけた。そうするしかなさそうだ。

私たちの目の前で立ち止まる三人は、一様に目を瞠っていた。当然か。知り合いのラブシーンを見てしまったわけなのだし。

私は郁弥の手を引いて、おもむろに息を吸い込む。

「あー、えっと、いきなりですみませんが、私たち付き合うことになりました」

おそらく今日のランチは質問攻めになるだろう。

私は、彼との経緯を徹底的に追及されることを覚悟しながら、そう宣言したのだった。

あとがき

初めましての方は初めまして。

過去に私の作品を読んでくださった方はいつもありがとうございます。小日向江麻《こひなたえま》です。たまにichigo名義でも活動しています。

さて、この度ルネッタブックスさまで拙作を出版させて頂けることとなり、とてもうれしく思っております。どうもありがとうございます。

この作品は、強烈に「年下で小悪魔気質な男性の話が書きたい！」という願望のもと、プロットを出し、ＯＫを頂いた作品です。

他社さま含めこれまで出版して頂いた作品は、年上もしくは同い年ばかりだったので、勝手が違ってちょっと緊張しました。年下小悪魔系男子と年上世話焼き女子との恋愛を少しでも気に入って頂けましたら幸いです。個人的には結構楽しかったので、またこういうヒーローが書けるといいなあと思っております。

楽しいと言えば……雨音と郁弥はもともと同じサークルの先輩後輩という関係ですが、このサークル活動とかサークル飲み会のシーンとかは書いていて地味に楽しかったです。

というのも、私自身が女子大出身で、なおかつ中高の部活を彷彿とさせるカタめのサークルに入っていたので、男女混合で和気藹々と活動する微笑ましい風景に、並々ならぬ憧れがあったのですよね……。雨音や郁弥たちを通して、こんな感じの雰囲気かな？　と想像できたのがよかったです。

あと、『総合芸術研究会』の矢藤グループでは美術館巡りをメインの活動に据えていますが、私自身も美術館や博物館の類は大好きです。

昔はそういうのが好きな友人と美術館のはしごをしたりもしましたが、最近はなかなか行く機会がないですね。行きたい気持ちは常にあるのですが、環境的にちょっと難しいので、行けるようになったらまたいろいろな場所を回ってみたいなと思っています。

最後になりますが、担当編集さま、編集部のみなさま、ドキドキするような表紙イラストを描いて下さった石田恵美《いしだめぐみ》さま、この出版に携わってくださったすべての方々に、心から感謝申し上げます。そして今、このページを読んでくださっているあなたにも。本当にありがとうございます！

よろしければ感想お聞かせ頂けますと最高です。（私が）

それでは、またご縁がありますように！

小日向　江麻

ルネッタブックス

年下御曹司の裏の顔
隠れケモノ男子に翻弄されています

2021年9月25日　第１刷発行　定価はカバーに表示してあります

著　者　小日向 江麻　©EMA KOHINATA 2021
編　集　株式会社エースクリエイター
発行人　鈴木幸辰
発行所　株式会社ハーパーコリンズ・ジャパン
東京都千代田区大手町 1-5-1
03-6269-2883（営業部）
0570-008091　（読者サービス係）
印刷・製本　中央精版印刷株式会社

ISBN978-4-596-01490-0

※この作品はフィクションであり、実在の人物・団体・事件等とは関係ありません。